Peter Stamm

Der Kuß des Kohaku

Peter Stamm

Der Kuß des Kohaku

Stücke

Arche

Arche Verlag AG, Zürich-Hamburg

Umschlag: Max Bartholl, Frankfurt a. M.
unter Verwendung eines Szenenfotos
mit Maja Schöne und Sylvester Groth
in: Peter Stamm, *Der Kuß des Kohaku*
© Arno Declair
Satz: Gaby Michel, Hamburg
Druck und Bindung: Clausen & Bosse, Leck
Printed in Germany
ISBN 3-7160-2335-3

Inhalt

Der Kuß des Kohaku

Euer Dasein ist ein ruhiges Aufeinanderzu und Aneinandervorüber, ein Unter und Ober, Hin und Her von Farben und wohlgenährten Leibern, und wenn ihr flieht, flieht ihr zueinander.

Reiner Kunze, *Der Kuß der Koi*

Die Personen:

SANDRA, 30
MICHAEL, 45

GÜNTER, 30
MONIKA, 23

Ein leeres Wohnzimmer ohne Türen. An der Rückwand ein großes Fenster, das auf eine Wiese mit alten Obstbäumen geht. Es ist Frühling, die Bäume haben noch kein Laub. Der Abend bricht herein, es regnet. Von der Decke hängt eine nackte Glühbirne. In der Mitte des Raumes steht ein altes Sofa. Außerdem gibt es eine Stehlampe, eine Topfpflanze, einen großen Spiegel und einen mit Wasser gefüllten Plastikbeutel, in dem ein großer Buntkarpfen schwimmt. Niemand betritt oder verläßt die Bühne. Die Personen sind einfach da und verschwinden wieder. Ihre Anwesenheit wird ebensowenig erklärt wie ihre Abwesenheit.

1.

Sandra sitzt auf dem Sofa, Michael schaut aus dem Fenster. Der Beutel mit dem Koi liegt auf dem Boden. An der Wand stehen der Spiegel, die Topfpflanze und die Stehlampe. Das Licht ist gelöscht.

MICHAEL: ... mit einem Stein. Der hätte einen töten können. Schlimm war nicht die kaputte Scheibe, aber ... die Vorstellung, daß da draußen einer ist, der uns einen Stein in die Scheibe schmeißt. Dieser grundlose Haß.

SANDRA: Vielleicht war es ein Kind.

MICHAEL: Der Haß der Kinder ist der schlimmste. Der Kinder und der Tiere.

SANDRA: Du übertreibst.

MICHAEL: Von da an hatte ich Angst, allein im Haus zu sein. Plötzlich merkst du, da draußen, das ist kein Garten, das ist die Wildnis. Wir haben den Stein behalten. Der lag immer ... Hast du den gesehen?

SANDRA: Ach, das war der Stein?

MICHAEL: Du hast ihn weggeworfen.

SANDRA: Man müßte die Bäume fällen.

MICHAEL: Das würde sie mir nicht verzeihen. Sie hat die Bäume geliebt. Sie konnte stundenlang hier am Fenster sitzen und hinausschauen.

SANDRA: Wir sind alle mal aus den Wäldern gekommen. Das steckt immer noch in uns drin. Die Angst und das Glück in den Wäldern.

MICHAEL: Weißt du noch, im Sommer? Wie alles grün war? Wie das Licht grün war vom Laub der Bäume? Die Farbe des Lichts hat sich verändert.

SANDRA: Schließ den Rolladen, wenn du es nicht erträgst.

MICHAEL: Das wäre noch schlimmer. Nicht zu sehen, was geschieht.

SANDRA: Es geschieht nichts. Wann war das mit dem Stein? Vor zwanzig Jahren? Dreißig Jahren?

MICHAEL: Es gibt Blinde ... ich habe gelesen, es gibt Blinde, die ... was die ertastet haben, was sie hören, wird zu einem Bild. Die können sich bewegen, als sähen sie etwas. Das war die Geschichte eines Blinden, der hat sein Dach repariert, mitten in der Nacht. Der hatte alles im Kopf. Keine falsche Bewegung.

Sandra steht auf, macht Licht und setzt sich wieder.

MICHAEL: Wenn es dämmert ... kennst du das? Diese Angst, daß es nicht mehr hell wird?

SANDRA: Manchmal denke ich, du bist zu lange allein gewesen. Wenn ich nicht gewesen wäre ... du wärst heute noch allein.

MICHAEL: Ja. Vielleicht.

SANDRA: Man kommt nie ganz an dich ran. Nur ein kleiner Teil des Eisbergs ragt aus dem Wasser.

MICHAEL: Aber das, was man sieht, wird getragen von dem, was unter dem Wasser liegt. Schmilzt unten etwas weg, dann verschwindet auch oben ein Teil. Weil die Verdrängung abnimmt.

SANDRA: Ich war nie allein. Ich habe mir immer einen Neuen gesucht, bevor ich den Alten aufgab.

MICHAEL: Mir macht es nichts aus, allein zu sein. Ich habe auf dich gewartet.

SANDRA: Du hast wirklich auf mich gewartet, ja? Nicht wahr? Aber wie hast du gewußt, daß ich es bin?

MICHAEL: Ich weiß nicht. Das war ein Zufall.

SANDRA: Ich habe dich verführt.

MICHAEL: Das ist wahr.

SANDRA: *lacht* Manchmal bist du wie ein kleiner Junge.

MICHAEL: Darauf freue ich mich. Das Haus einrichten. Die Sachen kaufen, die zu uns passen. Die das irgendwie ... was wir sind, irgendwie darstellen. Weißt du, was ich meine?

SANDRA: Für mich ist sie immer noch hier. Deine Mutter.

MICHAEL: Ich habe mir das tausendmal vorgestellt. Wie wir das Haus einrichten. Und jetzt ist doch alles ganz anders. Im Kopf paßt immer alles zusammen. Aber in der Wirklichkeit ... man kann sich das nicht vorstellen. Die Wirklichkeit widersetzt sich der Phantasie.

SANDRA: Ich bin einfach irgendwie befangen. Als schaue sie mir über die Schulter. Als müsse ich aufpassen ...

Sandra steht auf. Michael scheint entmutigt.

MICHAEL: Du hast sie ja gar nicht gekannt.

SANDRA: Du lernst einen Menschen kennen, wenn du sein Haus räumst. Die kleinen Dinge, das Vergessene, was zuhinterst in den Schränken liegt ...

MICHAEL: Hast du etwas gefunden?

SANDRA: Man hat es längst vergessen, aber es liegt immer noch irgendwo in einem Schrank, zuhinterst in einem Schrank. Man räumt das aus und erinnert sich plötzlich ...

MICHAEL: Ich habe mich geschämt vor ihr. Alles aufzumachen ... die Unterwäsche deiner Mutter ... Es war ja nichts Privates, nichts wirklich Privates, Peinliches, aber ...

SANDRA: Alles ist privat.

MICHAEL: Ich habe mir das ausgedacht, Möbel, Teppiche, und jetzt paßt überhaupt nichts ... Sogar du bist irgendwie anders, als ich es mir vorgestellt habe. Aber vielleicht ist das ja der Witz.

SANDRA: Ich sehe den Raum immer noch so, wie er war. Und da sitzt sie auf dem Sofa ...

MICHAEL: Du kennst sie nicht!

SANDRA: Das Land in Eis und Schnee ... Es ist gut, daß wir die alten Sachen weggeworfen haben.

Sandra setzt sich wieder aufs Sofa. Michael nimmt den Beutel mit dem Fisch und setzt sich neben sie. Er beobachtet den Fisch.

MICHAEL: Wie findest du Monika?

SANDRA: Jung.

MICHAEL: Weißt du, was sie macht?

SANDRA: Sie ist in irgendeiner Ausbildung. Macht Nachtschichten in einem Altersheim, glaube ich.

MICHAEL: Ich war mein Leben lang in keinem Krankenhaus.

SANDRA: Wenn er mal alt ist, kann sie ihn pflegen.

MICHAEL: Und er?

SANDRA: Der bringt es nie zu was.

MICHAEL: Ich glaube, ich würde es nicht ertragen, arm zu sein.

SANDRA: Darum habe ich mir dich geangelt.

MICHAEL: Ich meine, das habe ich von Anfang an gewußt: Daß ich genug Geld verdienen muß. Ich weiß nicht, was ich machen würde ohne Geld. Ich bewundere Leute, denen das nichts ausmacht. Aber ich könnte es nicht.

SANDRA: Geld gibt Sicherheit. Die Frage ist, ob man das will.

MICHAEL: Ich brauche Sicherheit. Die Dinge, die mir gehören. Ich glaube, ich würde verrückt, wenn ich meine Sachen nicht hätte ...

SANDRA: Zierfische. Lauter sinnlose Sachen. Was für ein Leben!

MICHAEL: Ich glaube, er ist aufgeregt. Er spürt, daß etwas nicht stimmt.

SANDRA: Der ist nicht intelligent genug, um sich aufzuregen.

MICHAEL: Man muß die kennen, um das zu sehen. Wie er sich fühlt.

SANDRA: Du kannst ja die Krankenschwester fragen. Vielleicht kennt sie sich aus mit Fischen. Die hat etwas Fischiges.

MICHAEL: Ich finde es schade ... ich finde es schade, daß du ihn nicht magst. Daß wir das nicht teilen können.

SANDRA: Den Fisch?

MICHAEL: Meine ... meine Freude. Meine Liebe zu ihm.

SANDRA: Das ist etwas übertrieben. Meinst du nicht?

MICHAEL: Meinetwegen bin ich lächerlich. Liebe ist immer lächerlich.

SANDRA: Ich habe nicht gesagt, du bist lächerlich.

MICHAEL: Das ist vielleicht die reinste Liebe. Wenn man etwas besitzt. Die bedingungslose Liebe.

SANDRA: Du meinst, er liebt dich nicht wegen deinem Geld. Nicht wie ich.

MICHAEL: Er braucht mich nicht zu lieben. Ich habe ihn gekauft. Weil er schön ist.

SANDRA: Liebst du mich auch für meine Schönheit?

MICHAEL: Würde dich das stören? Man würde denken, es ist nicht genug

SANDRA: Warum soll man einen Menschen nicht für seine Schönheit lieben?

MICHAEL: Schönheit vergeht.

SANDRA: Liebe vergeht auch.

MICHAEL: Zwischen Menschen ist es viel komplizierter. Weil ... Ich liebe dich, weil du mich liebst, weil wir uns etwas aufbauen zusammen. Ich weiß gar nicht, ob Liebe das richtige Wort ist. Aber der Fisch ... gerade weil nichts zurückkommt, ist meine Liebe zu ihm so rein. Weil – weißt du, was ich meine? – weil ich ... ich liebe ihn, weil er mir gehört. Wenn man Menschen kaufen könnte ...

SANDRA: ... hättest du mich gekauft.

MICHAEL: Ja. Im Ernst.

SANDRA: Wieviel würdest du bezahlen?

MICHAEL: Es kann sein, daß ich ihn von einem Tag auf den anderen verkaufe. Alle Dinge, die ich habe. Ich hänge nicht an ihnen. Es ist ein reines Gefühl ohne Absicht. Unsere Liebe dagegen, meine Liebe zu dir, die ist ganz anders. Es ist mehr als Liebe, aber irgendwie auch weniger.

SANDRA: Wenigstens wirst du mich nicht verkaufen.

MICHAEL: Es gibt so viele Dinge, die uns verbinden. Mit dem Fisch verbindet mich nichts. Nur meine Liebe.

SANDRA: War das so? Wenn du zu deinen Nutten gegangen bist?

MICHAEL: Vielleicht, ja. Vielleicht.

SANDRA: Die vermissen dich bestimmt.

MICHAEL: Ich habe dir nie etwas vorgemacht.

SANDRA: Ich sage ja nichts. Wenn du deinen Spaß hast ...

Michael steht auf und tritt mit dem Fisch unter die Lampe, um ihn besser sehen zu können.

MICHAEL: Vielleicht kriegt er keine Luft.

SANDRA: Du machst mich ganz nervös.

MICHAEL: Ich will noch einen oder zwei. Wenn wir den Teich haben ... es ist nicht gut, wenn einer allein ist.

SANDRA: Das sagst du.

MICHAEL: Was wir alles weggeworfen haben ... Erinnerungsstücke.

SANDRA: Für dich ist alles ein Erinnerungsstück.

MICHAEL: Ich habe so viele Erinnerungen an dieses Haus. Meine ganze Kindheit ... ich hatte eine schöne Kindheit hier.

SANDRA: Du bist fünfundvierzig Jahre alt!

MICHAEL: Ein langer schulfreier Nachmittag im Herbst. Ich liege auf dem Boden und lese ein Buch. Irgendeine Abenteuergeschichte. Mama ist in der Küche, Vater bei der Arbeit.

SANDRA: Du willst das wieder so einrichten, wie es einmal war. Habe ich recht?

MICHAEL: Ich liege auf dem Boden, und du bist in der Küche und machst irgend etwas.

SANDRA: Du spürst es auch. Sie ist noch hier. Die große Mutter.

MICHAEL: Es sind ja nur Erinnerungen.

SANDRA: Man verliert das Gleichgewicht, wenn plötzlich alles weg ist, eingepackt, und man steht in einem leeren Raum. Man stellt sich alles mögliche vor.

Michael setzt sich nahe neben Sandra.

MICHAEL: Freust du dich? Geht es dir gut?

SANDRA: Frag mich in einem halben Jahr.

MICHAEL: Du wirst dich daran gewöhnen.

SANDRA: Ich sehe sie da sitzen und stricken.

MICHAEL: Aber du freust dich?

SANDRA: Hör doch auf.

MICHAEL: Sie ist tot!

2.

Sandra und Günter sitzen auf dem Sofa. Monika geht durch den Raum, in den Händen die Topfpflanze. Der Spiegel ist an die Wand gelehnt. Der Beutel mit dem Koi liegt in der Mitte des Raumes auf dem Boden. Die Stehlampe steht neben dem Sofa.

SANDRA: … eigentlich habe ich da erst gemerkt, was für ein Unsinn die Reise war.

GÜNTER: Das war kein Unsinn.

SANDRA: Asien für zehn Dollar am Tag. *Ten Dollars a day.* Solche Bücher haben wir mitgenommen. Es ist wie eine Autobahn für Rucksacktouristen. Die führt um die ganze Welt, und keiner macht auch nur einen Schritt davon weg. Du triffst immer dieselben Leute. Das nennt man dann Freiheit und Abenteuer.

MONIKA: Wo soll ich die hinstellen?

SANDRA: Durchfall, Jugendherbergen und die Sehnsucht nach deutschem Brot. Im Ernst!

GÜNTER: Ich wollte unterwegs sein. Das war der Punkt.

SANDRA: Du warst so verstrickt in deine Probleme, du hast doch gar nichts gesehen.

GÜNTER: Ein Jahr lang unterwegs. Keinen festen Wohnsitz. Und sich nie umdrehen. Deshalb um die Welt.

SANDRA: Am Schluß bist du da, wo du angefangen hast.

GÜNTER: Aber du bist ein anderer geworden.

SANDRA: Du bist dir über unsere Beziehung klargeworden.

GÜNTER: Es war eine schwierige Zeit.

SANDRA: Ich weiß nicht. Im nachhinein kam mir alles so

sinnlos vor. Diese endlosen Diskussionen ... Die Diskussionen waren wie die Hotels. Billig, schmutzig, immer gleich.

MONIKA: Wo soll ich die hinstellen?

GÜNTER: Jetzt wirst du seßhaft.

SANDRA: Ach was!

GÜNTER: Deine bürgerliche Seite. Das hast du immer gehabt.

SANDRA: Die Freiheit muß man im Kopf haben.

GÜNTER: Ein bißchen ist das wie damals, als wir zusammengezogen sind. Hier die Sachen reintragen. Seltsam.

MONIKA: Ich stell die hierhin, ja?

SANDRA: Da an die Wand.

MONIKA: Was ist das für eine Pflanze?

SANDRA: Es ist doch Wahnsinn, was sich ansammelt über die Jahre.

GÜNTER: Sammler und Jäger. Jäger und Sammler.

Monika hat die Topfpflanze abgestellt und sich zwischen Günter und Sandra gesetzt, wo es ihr sofort unwohl ist. Sie lacht über Günters Bemerkung.

MONIKA: Was gab es noch? Das andere? Die Pfahlbauern.

GÜNTER: Die Ackerbauern. Das kam danach. Die Seßhaften.

SANDRA: Die Seßhaften sind die Sammler. Jäger sammeln nicht. Die fressen sich voll und lassen die Reste den Hunden.

GÜNTER: Die Tiere des Waldes.

SANDRA: Das war ich mal.

GÜNTER: Das waren wir alle mal.

Monika ist aufgestanden und kauert vor dem Fisch nieder.

MONIKA: Das ist ein schöner Fisch. Was ist das für einer?

SANDRA: Ein Koi. Ein Buntkarpfen.

GÜNTER: Und ganz, wie der Mensch sie nannte, so lautete ihr Name.

SANDRA: Ein Kohaku, wenn du es genau wissen willst.

MONIKA: Hast du gesehen, wie groß der ist?

SANDRA: Die werden einen Meter lang. Und uralt. Hundert Jahre. Keine Ahnung.

MONIKA: Verrückt.

SANDRA: Das ist ein ganz besonderer Fisch. Das könnt ihr gar nicht verstehen. Der steht für Liebe, für Schönheit, für Weisheit, für den lieben Gott. Für alles steht der.

GÜNTER: Wie, der steht für?

SANDRA: Ich mag den nicht. Und er mag mich nicht, nehme ich an. Wie der mich immer anglotzt …

MONIKA: Die merken das, ob man sie mag. Die Tiere. Die verstellen sich nicht. Die können sich gar nicht verstellen, weil …

SANDRA: Man kann sie streicheln. Es gibt Leute, da sind die so eine Art Familienmitglied. Die streicheln die.

MONIKA: Einen Fisch anfassen?

Schweigen. Monika ist ans Fenster getreten.

MONIKA: Ich kenne diese Gegend gar nicht. Es ist schön hier.

GÜNTER: Als wir in die Stadt gezogen sind, Sandra und ich, da haben wir uns geschworen, nie wieder aufs Land.

MONIKA: Die Stadt ist toll, wenn man jung ist. Aber auf Dauer … wenn man Kinder hat …

SANDRA: Alle kommen irgendwann zurück. Es gibt kein Entkommen.

GÜNTER: Nicht ich.

SANDRA: Wie habt ihr zwei euch eigentlich kennengelernt?

GÜNTER: Das habe ich dir doch erzählt.

SANDRA: Nur, daß ihr zusammen Badminton gespielt habt.

MONIKA: Ich war sofort verliebt in Günter. Als ich ihn zum erstenmal gesehen habe. Aber er hat mich gar nicht bemerkt. Das geschieht mir oft, daß Leute mich nicht bemerken …

GÜNTER: Es gibt nichts Peinlicheres, als diese Wie-haben-wir-uns-kennengelernt-Geschichten. Die Schöpfungsmythen.

MONIKA: Das war süß.

Monika küßt Günter.

SANDRA: Unser Romantiker.

MONIKA: Wie lange kennt ihr euch schon?

SANDRA: Ewigkeiten. Wir sind zusammen zur Schule gegangen.

MONIKA: War sie dein Schulschatz?

SANDRA: Irgendwie hat sich das so ergeben. Erst später.

GÜNTER: Ich weiß noch, was du gesagt hast, als wir ... Du hast gesagt, egal, was geschieht, wir bleiben Freunde.

SANDRA: Ja? Habe ich das gesagt?

MONIKA: Und ihr seid Freunde geblieben.

SANDRA: Eine Zeitlang war das nicht so sicher. Günter war beleidigt.

MONIKA: Aber *er* hat sich doch ...

GÜNTER: Für dich war das vielleicht nichts. Aber für mich ...

SANDRA: Er hat sich von mir getrennt, ich habe es überlebt. Das hat er mir übelgenommen.

GÜNTER: Ich war in einer schwierigen Phase.

SANDRA: Das war nach der Weltreise. Ich habe mich sofort wieder eingelebt, aber er hat gesucht und gesucht. In jeder Beziehung. Das ging immer hin und her. Und irgendwann habe ich genug gehabt.

GÜNTER: Du hast dich schnell getröstet.

SANDRA: Was erwartest du? Daß deine Exfreundinnen dir ewig treu bleiben?

GÜNTER: Plötzlich warst du mit Michael zusammen.

MONIKA: Ich habe Günter getröstet.

SANDRA: Das ist doch das Beste, was passieren konnte.

Monika umarmt Günter und küßt ihn. Es scheint ihm peinlich zu sein. Sandra steht auf. Dann steht auch Günter auf.

GÜNTER: Du hast das nie ganz ernst genommen, nicht wahr? Unsere Beziehung. Es hätte auch ein anderer sein können.
SANDRA: Es war aber kein anderer.
GÜNTER: Das war für dich von Anfang an nicht auf Dauer.
SANDRA: Was heißt schon auf Dauer? Wir waren jung.
GÜNTER: Ich habe mir das vorgestellt. Mit dir alt werden.
SANDRA: Vielleicht war das ja der Fehler.
GÜNTER: Und dann war es irgendwie vorbei.
SANDRA: Du kriegst nie genug. Und weil du nie genug kriegst, kriegst du gar nichts.
Monika steht auf und umarmt Günter.
MONIKA: Ich lasse ihn nicht mehr los.
SANDRA: Unser kleiner Schmetterling.
GÜNTER: Für dich ist alles ein Spaß.
MONIKA: Ich will Kinder und ... drei oder vier Kinder. Eine ganze Familie.
SANDRA: Und du wirfst mir vor, ich werde seßhaft.
GÜNTER: Das hängt eben von der Frau ab, mit der man zusammen ist.
MONIKA: Wollt ihr keine Kinder?
GÜNTER: Das heißt nicht, daß man seßhaft wird. Kinder bedeuten Bewegung. Darum geht es. Etwas machen.
SANDRA: Ein Haus, ein Baum, ein Kind.
MONIKA: Das Haus habt ihr schon. Und Bäume auch.
GÜNTER: Es geht nicht um das Haben. Es geht um das Pflanzen, das Bauen ... es geht darum, in Bewegung zu bleiben.
MONIKA: In Indien gibt es Bettelmönche, die haben nur eine Liegematte und eine Reisschale. Damit betteln sie nach Reis. Und die Kleider, die sie am Leib tragen.
SANDRA: Man muß ein Heiliger sein, um so zu leben. Oder ein Tier.
MONIKA: In Indien sagen sie, alles dreht sich im Kreis. Die ewige Wiederkehr. Das ist der Buddhismus.

SANDRA: Ich habe mit Michael das Haus geräumt. Er hat mich gebeten, ihm zu helfen. Ich habe alles weggeworfen.

GÜNTER: Das kann ich mir vorstellen.

SANDRA: Sich von allem befreien. Platz machen für Neues.

MONIKA: In Warenhäusern wird mir manchmal fast schlecht. All die Sachen.

SANDRA: Du denkst vielleicht, das ist nicht wichtig. Aber irgendwann läßt die Liebe nach, oder sie genügt dir nicht mehr. Auf die Dinge kann man sich verlassen. Was man hat, hat man.

GÜNTER: Ich sage es ja. Du bist seßhaft geworden.

SANDRA: Ach was. Menschen machen abhängig. Geld macht frei.

GÜNTER: Du hättest mir damals mehr Zeit lassen sollen. Ich habe mich verändert.

SANDRA: Du veränderst dich nicht. Du und Kinder …

GÜNTER: Ich habe nicht gesagt, daß ich Kinder will. Ich habe nur gesagt …

SANDRA: Ist das die Antwort auf die großen Fragen? Kinder zeugen?

GÜNTER: Auf die großen Fragen gibt es keine Antwort.

SANDRA: Dann hör auf zu reden, und mach dein Kind.

GÜNTER: Ich will kein Kind!

3.

In Bewegung.

MICHAEL: Du liegst auf dem Sofa, eine Zeitschrift in der Hand, eine Tasse Tee ... Es war wie ein Bild, aber vielleicht war es nur ein Gefühl. Es war ganz konkret. Ich hätte sagen können, wie spät es ist, was wir zu Mittag gegessen haben, wie wir den Nachmittag verbracht haben. Ich konnte ein Buch aus dem Regal nehmen, darin blättern. Du hast da auf dem Sofa gelegen, als hättest du nie etwas anderes gemacht.

SANDRA: Es hat etwas Tröstliches, sich als Einrichtungsgegenstand zu fühlen.

MICHAEL: ... in einer Zeitschrift geblättert ...

SANDRA: Ich kann mir dieses Sofa nicht ohne deine Mutter vorstellen. Da sitzt sie und strickt ...

MICHAEL: ... und jetzt sitzt du da, und alles ist ganz anders. – Sie hat nie gestrickt.

SANDRA: Sie strickt und strickt ...

Sandra entfernt sich.

MICHAEL: Vielleicht war es so, wie es immer gewesen ist. Vielleicht kann ich mich deshalb nicht erinnern. Wie wenn man jemanden schon sehr lange kennt, so lange, daß man keine Ahnung mehr hat, wie er aussieht. Nur wenn sich etwas verändert, merkt man es.

4.

Günter und Monika sitzen auf dem Sofa. Michael steht in der Mitte des Raums, den Beutel mit dem Koi in den Händen. Die Topfpflanze steht neben dem Spiegel an der Wand.

MICHAEL: Meinetwegen bin ich lächerlich.

MONIKA: Liebe ist nie lächerlich.

MICHAEL: Ich liebe ihn ja nicht wie ... aber das, wofür er steht. Die Ruhe, die Erhabenheit. Die langsamen Kreise, die er zieht, unberührt von allem. Er ruht in sich. Er genügt sich selbst.

MONIKA: Ich glaube, daß Tiere Gefühle haben. Ich glaube, das ist ihre Art zu denken. Wir hatten mal eine Katze ...

GÜNTER: Werden die wirklich hundert Jahre alt?

MICHAEL: Nein. Dreißig maximal. Wer sagt das?

GÜNTER: Dreißig Jahre lang im Kreis schwimmen ...

MONIKA: Er ist so schön. Diese Farben ...

GÜNTER: Man kann die anfassen.

MONIKA: Ich habe noch nie einen Fisch angefaßt.

GÜNTER: Das dauert, bis die Sachen kommen.

MONIKA: Das ist toll, das Haus. Wunderschön.

MICHAEL: Wenn man in einem Haus aufgewachsen ist ... Das ist emotional. Meine Beziehung zu dem Haus ist emotional.

GÜNTER: Jeder ist mal irgendwo aufgewachsen.

MONIKA: Die goldenen Erinnerungen.

MICHAEL: Manchmal schließe ich die Augen und stelle mir vor, es ist alles noch so, wie es einmal war.

MONIKA: Willst du Kinder? Ein Haus voller Kinder, das muß schön sein.

MICHAEL: Das habe ich mir oft vorgestellt.

MONIKA: Wie lang seid ihr schon zusammen? Sandra und du?

MICHAEL: Ich will einen Teich bauen im Garten. Im Frühling. Für den Kohaku.

MONIKA: Der ist wirklich sehr schön. Und das Haus ist schön und alles.

MICHAEL: Eigentlich müßtest du das Haus haben.

MONIKA: Ich?

MICHAEL: Das ist mir gerade so eingefallen.

MONIKA: Dieses Haus?

MICHAEL: Weil du dich so freust. Wie alt bist du?

MONIKA: Dreiundzwanzig.

MICHAEL: Dreiundzwanzig! Es ist absurd. Wenn man jung ist, hat man nichts. Und wenn man endlich alles hat, was man sich gewünscht hat ... Ich bin fünfundvierzig. Jetzt bin ich in diesem Haus, in dem ich meine Kindheit verbracht habe, und es macht mich irgendwie traurig.

MONIKA: Fünfundvierzig ist nicht alt.

GÜNTER: Doppelt so alt wie du. Dein Vater ist nicht viel älter.

MONIKA: Der ist doch nicht alt.

GÜNTER: Das hat auch schon anders geklungen.

MICHAEL: Das versteht ihr vielleicht, wenn ihr so alt seid wie ich. Gewisse Dinge sind einfach vorbei.

GÜNTER: Du hast dich entschieden.

MONIKA: Ich habe immer das Gefühl, alle sind älter als ich. Sogar bei ganz jungen Leuten.

GÜNTER: Die meisten sind ja auch älter.

MONIKA: Auch bei ganz jungen Leuten. Ich habe immer das Gefühl, ich bin die Jüngste.

MICHAEL: Hast du Geschwister?

MONIKA: Das stimmt. Ich war die Jüngste. Vielleicht kommt das daher. Das Nesthäkchen.

GÜNTER: Ich würde nie zurück aufs Land.
MONIKA: Ein Haus wäre schön. Für die Kinder. Ich habe immer gesagt, ein Haus ...
MICHAEL: Auf dem Land ...
MONIKA: Es eilt ja nicht. Später.
GÜNTER: In deinem Kopf hast du ein Haus und Kinder und ich weiß nicht was.
MONIKA: Warum nicht?
MICHAEL: Wie würdest du es einrichten, das Haus? Wenn es deins wäre?
MONIKA: Ich weiß nicht. Dieses Haus? Wir haben gar nicht so viele Sachen.
GÜNTER: Und das Zeug, das bei deinen Eltern steht? Die ganzen Kindersachen, Plüschtiere, Puppen.
MONIKA: Wenn ich mal Kinder habe. Die kriegen das alles.
MICHAEL: Das Sofa zum Beispiel. Ich weiß nicht, wo wir es hinstellen sollen.
MONIKA: Das würden wir auch kriegen?
MICHAEL: Klar. Das gehört zum Haus.
MONIKA: Aber nicht den Fisch.
MICHAEL: Nein. Der gehört zu mir. Ihr könnt euch einen kaufen.
MONIKA: Ich hätte gern einen Fischteich. Aber mit Kindern ... daß die nicht reinfallen.
MICHAEL: Kinder sind irgendwo dazwischen. Zwischen Mensch und Tier. Die spüren die Verwandtschaft.
GÜNTER: Wir haben keine Kinder. Wir haben kein Haus. Und wir haben vor allem keinen Fischteich.
MICHAEL: Koi brauchen tiefe Becken. Ein, zwei Meter. Das ist artgerechte Haltung.
MONIKA: Ich habe nur ein Zimmer. Im Schwesternheim.
GÜNTER: Das reicht doch.
MONIKA: Ich meine nur. Wenn ich wenigstens zwei Zim-

mer hätte, dann könnte ich von einem Zimmer ins andere gehen.

MICHAEL: Wollt ihr zusammenziehen? Irgendwann?

Schweigen.

MONIKA: Ich ...

GÜNTER: In der Stadt hat man alle Möglichkeiten.

MONIKA: Aber ein Garten wäre schön.

GÜNTER: Ein Garten macht nur Arbeit.

MICHAEL: Das ist der Sinn eines Gartens. Daß man darin arbeitet.

MONIKA: Gemüse pflanzen. Und Blumen.

GÜNTER: Ich zeige euch das Haus, wenn ihr wollt. Damit ihr euch das vorstellen könnt. Wie das wäre.

GÜNTER: Die Häuser fremder Leute ...

MONIKA: Nur vorstellen. Man kann es sich ja vorstellen.

GÜNTER: Ich sitze gerade so bequem.

MICHAEL: Du kannst dich ... ihr könnt euch hinlegen, wenn ihr wollt. Oben ist eine Matratze. Da könnt ihr euch etwas hinlegen. Ausruhen, bis die Sachen kommen. Da habt ihr eure Ruhe.

GÜNTER: Hinlegen?

MICHAEL: Oder ...

MONIKA: Uns hinlegen.

Monika lacht, dann lachen auch die Männer.

MICHAEL: Ich meine nur ... Ich kann euch nicht viel anbieten. Eine Matratze. Das Sofa. Mein Haus ist euer Haus.

MONIKA: Aber nicht der Fisch.

GÜNTER: Was willst du mit dem Fisch?

MICHAEL: Zu so einem Koi, das ist wirklich eine ganz besondere Beziehung, die man hat. Ich glaube nicht, daß jemand, der einen Hund hat oder eine Katze, das so empfindet.

MONIKA: Ich hatte mal eine Katze.

MICHAEL: Weil der Koi ... man kann den zwar streicheln,

anfassen, aber darum geht es nicht. Der hat etwas ... etwas Erhabenes. Das klingt vielleicht verrückt, aber ... gerade weil das nur ein Fisch ist. Was heißt das schon: nur ein Fisch.

GÜNTER: Das klingt ziemlich verrückt.

MICHAEL: Ja, vielleicht. Liebe ist immer verrückt.

MONIKA: Ich weiß, was du meinst. Ich würde den auch nicht anfassen.

MICHAEL: Es hat fast etwas Religiöses. Wie die Liebe zu einem Gott, die sich nicht erfüllt. Da ist auch Sehnsucht. Das sind zwei Welten, das Wasser und die Luft. Es ist unüberbrückbar. Wir können nicht in seiner Welt leben und er nicht in unserer.

MONIKA: Man müßte mit ihm schwimmen können. Wie mit den Delphinen.

MICHAEL: Das kann man sich nicht vorstellen. So ein Leben. In so einem Teich schwimmen, stille Kreise ziehen ... Jeder Tag wäre wie der andere.

MONIKA: Das klingt schön.

GÜNTER: Man würde durchdrehen.

MICHAEL: Ich bin kein religiöser Mensch oder so, aber ... einmal habe ich geträumt, daß ich mit ihnen schwimme. Es war nicht wie im Wasser, wie wenn man schwimmt. Aber ich war mit ihnen, und sie waren mit mir.

MONIKA: Ich glaube, ich hätte gerne einen Fisch.

GÜNTER: Jetzt will sie auch noch einen Fisch.

5.

In Bewegung.

MICHAEL: Es war, als schwämmen sie in der Luft. Wir haben uns aufeinander zu bewegt und aneinander vorbei. Sie haben geatmet. Man hat gesehen, wie sie atmen, wie sich ihre Körper aufgebläht haben und wieder in sich zusammengesunken sind. Ganz langsam.

SANDRA: Deine Träume.

MICHAEL: Ja.

SANDRA: Von mir träumst du nicht.

MICHAEL: Ist es nicht schön?

SANDRA: Was ist schön?

MICHAEL: Daß wir jetzt hier sind. In unserem Haus. Das verbindet uns doch, dieses Haus.

SANDRA: Es ist das Haus deiner Mutter.

MICHAEL: Bist du nicht glücklich. Sobald wir uns eingerichtet haben …

SANDRA: Ich habe gar keine Lust, mich einzurichten. Am liebsten würde ich wieder in meine Wohnung zurück.

MICHAEL: Das ist normal. Du mußt dich erst daran gewöhnen. Du wirst dich daran gewöhnen. Meinst du nicht? Daß du dich daran gewöhnst?

6.

Das Sofa steht an der anderen Wand, die Stehlampe immer noch am selben Ort. Monika und Günter sitzen auf dem Sofa. Monika hält den Beutel mit dem Koi auf den Knien und betrachtet ihn. Die Topfpflanze und der Spiegel stehen an der Wand.

MONIKA: Was der für einen Mund macht.

Pause.

MONIKA: Hast du den Mund gesehen? Was der für einen Mund macht?

GÜNTER: Es ist düster. Diese alten Häuser ...

MONIKA: Er ist hier aufgewachsen.

GÜNTER: Er sagt ja selbst, daß es ihn deprimiert. Die Geister der Vergangenheit.

MONIKA: Da, wo ich aufgewachsen bin ... meine Eltern sind umgezogen vor ein paar Jahren. Da wohnen jetzt andere Leute. Ich kann da nie mehr hin. Ich war mal da, bin vorbeigegangen. Da saßen die auf dem Balkon, die anderen. Auf meinem Balkon. Das war traurig.

GÜNTER: Wenn die Sachen nicht bald kommen, gehen wir.

MONIKA: Sandra ist nett.

GÜNTER: Klar.

MONIKA: Ich habe kein Problem damit, daß sie deine Freundin war. Daß ihr ...

GÜNTER: Ich auch nicht.

MONIKA: Du kannst doch darüber reden. Das macht mir nichts aus.

GÜNTER: Warum soll ich darüber reden? Es gibt nichts zu reden.

MONIKA: Klar, wenn da noch etwas wäre …

GÜNTER: Dann?

MONIKA: Ich würde … ich weiß nicht.

GÜNTER: Du würdest mich umbringen. Mit einer Injektion.

MONIKA: Hör auf. Nein.

GÜNTER: So machen das doch die Krankenschwestern. Luft injizieren. Oder Wasser? Was haben die gespritzt, diese Todesengel?

MONIKA: Darüber macht man keine Witze. – Ich finde das spannend. Was du früher gemacht hast. Wie du warst. So lerne ich dich immer besser kennen.

GÜNTER: Ich war nicht anders als heute. Seit ich mich erinnern kann. Wenn ich Bilder sehe von mir als Kind, dann denke ich, wer ist das. Aber im Kopf bin ich immer derselbe gewesen.

MONIKA: Ich nicht. Als ich jung war …

GÜNTER: Du *bist* jung.

MONIKA: Ich meine in der Schule und in der Ausbildung sogar. Ich war ein total anderer Mensch. Wenn wir uns damals getroffen hätten … Ich weiß nicht, ob ich mich in dich verliebt hätte.

GÜNTER: Ach?

MONIKA: Ich habe schon sehr genau gewußt, was ich will. Das Äußerliche war mir viel wichtiger.

GÜNTER: Vielen Dank.

MONIKA: So meine ich das nicht. Als ich in der Lehre war, da gab es einen Pfleger, mit dem bin ich ein paarmal ausgegangen. Der hatte einen Schnurrbart. Ich habe ihm gesagt, daß mir das nicht gefällt. Ihm war das egal. Da bin ich nicht mehr mit ihm ausgegangen.

GÜNTER: Im Ernst?

MONIKA: Wenn er nicht mal bereit ist, den abzuschneiden?

GÜNTER: Du hättest dir einen Hund anschaffen sollen. Die sind von Natur aus unterwürfig.

MONIKA: Der sah wirklich schrecklich aus mit Schnurrbart.

GÜNTER: Dann habe ich ja Glück gehabt, daß wir uns jetzt erst kennengelernt haben.

MONIKA: Das meine ich. Ich habe mich verändert. Jetzt lasse ich die Leute leben. Leben und leben lassen.

GÜNTER: Ich muß mir keinen Schnurrbart wachsen lassen?

MONIKA: Wehe! – Warum habt ihr euch denn getrennt? Sandra und du?

GÜNTER: Da sind viele Sachen zusammengekommen.

MONIKA: Würdest du es sagen?

GÜNTER: Was?

MONIKA: Wenn du das Gefühl hättest, es geht nicht mehr.

Monika umarmt Günter und küßt ihn. Er reagiert abweisend.

GÜNTER: Jetzt hat sie einen Mann, ein Haus, alles, was man sich wünschen kann. Das ging schnell.

MONIKA: Das klingt, als seist du eifersüchtig.

GÜNTER: Unsinn. Ich wollte das nie. Aber wenn du dann siehst ... wenn du merkst, daß du das nie haben wirst. Auch wenn du es gar nicht willst ...

MONIKA: Meinst du nicht, daß es eine Beziehung verändert, wenn man in so ein Haus zieht?

GÜNTER: Keine Ahnung.

MONIKA: Eine Beziehung ist doch ein bißchen wie ein Haus, das man zusammen baut. Ein kleines Haus oder ein großes Haus ...

GÜNTER: ... oder ein Zimmer im Schwesternheim.

MONIKA: Man kann sich auch in einem Zimmer lieben.

GÜNTER: Ein Haus ist schicker.

MONIKA: Das ist mir wirklich nicht wichtig. Ich meine nur, daß man sich Raum läßt. Und daß es verschiedene Räume gibt. Weißt du, was ich meine? Verschiedene Möglichkeiten zusammenzusein. Nicht nur …

GÜNTER: Nicht nur Sex.

Schweigen.

MONIKA: Manchmal habe ich das Gefühl …

GÜNTER: Ich nehme das Leben, wie es kommt.

MONIKA: Aber eine Beziehung muß sich entwickeln.

GÜNTER: Wir sind seit einem halben Jahr zusammen.

Monika zieht ihren Pullover über den Beutel mit dem Fisch. Es sieht aus, als sei sie schwanger.

MONIKA: Es wäre schön, in einem Haus zu wohnen. Ich glaube, das verändert einen. Daß man aufgeht, sich entwikkelt. In mir steckt so vieles, was ich … wenn ich die Möglichkeit hätte, das zu verwirklichen. Ich habe so viele Ideen, Wünsche …

GÜNTER: Und so wenig Geld.

MONIKA: Es geht nicht um Geld.

GÜNTER: Sondern?

MONIKA: Du willst gar nichts verändern. Du willst, daß immer alles so weitergeht. Wir treffen uns zweimal in der Woche, wir gehen essen, gehen ins Kino, wir schlafen miteinander …

GÜNTER: Wenn etwas gut ist, warum soll man es ändern?

MONIKA: Was sich nicht entwickelt, stirbt ab. Hast du das gewußt, daß der Körper, daß die Zellen des Körpers sich in sieben Jahren total erneuern. Von dem, der du vor sieben Jahren warst, ist nichts mehr übrig. Das hört erst auf, wenn man stirbt.

GÜNTER: Ich möchte um keinen Preis hier wohnen. Ich hasse das Land, diese alten, dunklen Häuser. Und dann noch einen Fischteich bauen …

Schweigen.

MONIKA: Ich finde es schön hier.

GÜNTER: Das gefällt den Frauen. Männer, die Fische lieben.

MONIKA: Liebe macht einen Menschen schön.

GÜNTER: Was soll das denn heißen?

MONIKA: Du bist manchmal so ... so bitter. So ... Alles mußt du kritisieren.

GÜNTER: Mein Gott!

MONIKA: Mich auch. Du merkst es gar nicht. Wie du mich kritisierst. Du kannst nie einfach nur sagen, daß du mich gern hast.

GÜNTER: Was ist denn mit dir los?

MONIKA: Weil du das gesagt hast ... Daß du kein Kind willst. Und wie du tust mit Sandra. Man könnte meinen, du würdest am liebsten wieder mit ihr zusammenziehen.

GÜNTER: Sie ist unglücklich.

7.

In Bewegung.

SANDRA: Jetzt bist du wieder da, wo du angefangen hast. Das Haus deiner Kindheit, der Garten, in dem du gespielt hast, die Erinnerungen. Ist das nicht deprimierend? Als seist du nie weggewesen.

MICHAEL: Nein. Es ist schön.

SANDRA: Hast du nie diese Sehnsucht? Einfach abzuhauen und irgendwo neu anzufangen?

MICHAEL: Warum soll ich neu anfangen?

SANDRA: Ich habe ... ich glaube, das letztemal, daß ich das Gefühl hatte, ich fange neu an, das war nach dem Abitur. Da hast du alle Möglichkeiten. Aber danach ... Was man alles mitschleppt. All die Sachen. Irgendwie sammelt sich das an, und du wirst es nicht mehr los. Bis achtzehn, zwanzig hast du noch eine Chance. Und den Rest des Lebens verbringst du damit, den Ballast von einer Ecke in die andere zu schieben.

MICHAEL: Das ist normal.

SANDRA: Das sage ich ja. Aber es müßte doch möglich sein ...

MICHAEL: Du hast gar nicht so viele Sachen. Du wirfst ja immer alles weg. Sachen, die noch gut sind.

SANDRA: Es bleibt so noch genug.

8.

Das Sofa steht an der anderen Wand, darauf liegt der Beutel mit dem Fisch. Michael und Monika sitzen auf den Armlehnen und schauen sich an.

MICHAEL: Wir sitzen auf den Armlehnen.

MONIKA: Ja. Das ist wahr.

Schweigen. Michael lacht.

MICHAEL: Und der Kohaku sitzt da, bequem ... nur die Luft geht ihm aus.

MONIKA: Kann man nicht Luft reinblasen?

MICHAEL: Die Pumpe ist im Aquarium. Und das Aquarium ...

MONIKA: Faßt du den wirklich an?

MICHAEL: Möchtest du ihn anfassen? Magst du Fische?

MONIKA: Ich weiß nicht. Er ist schön. Aber unheimlich ist der auch ein bißchen. So ... so stumm.

MICHAEL: Nicht wahr? Das ist es. Er ist so still.

MONIKA: Wie ein Gott.

MICHAEL: Ja.

MONIKA: ... der schweigt.

MICHAEL: Aber alles weiß. Alles versteht.

MONIKA: Ersticken muß schlimm sein.

MICHAEL: Wie wenn ein Gott stirbt. Das ist eine schreckliche Vorstellung. Die Welt müßte stillstehen.

MONIKA: Ich bin nicht gläubig.

MICHAEL: Ich auch nicht. Religion ist immer ein bißchen peinlich.

MONIKA: Nicht an Gott und so.

MICHAEL: Aber die meisten Leute glauben an irgend etwas. Die wissen vermutlich selbst nicht woran.

MONIKA: Genau. Daran glaube ich. – Daß es irgend etwas gibt.

MICHAEL: … was größer ist als wir.

MONIKA: Im Pflegeheim, da, wo ich arbeite, die Leute sterben mir unter den Händen weg. Die meisten glauben an irgend etwas. Sie fragen mich, aber was soll ich sagen? Ich nehme sie in die Arme.

MICHAEL: Meinst du, an die Liebe glauben oder so?

MONIKA: Einmal, als es so heiß war im Sommer, da sind mir sechs Leute gestorben in einer Woche. Was soll ich da sagen?

MICHAEL: Das ist hart.

MONIKA: Eigentlich sterben die, wenn sie von zu Hause weggehen. Bei uns, das ist wie die Transitzone im Flughafen. Du bist an einem fremden Ort, du wartest auf deinen Flug, das Gepäck ist irgendwo. Du solltest sehen, was die mitbringen von zu Hause. Die einen kommen mit einem Koffer: ein paar Kleider, ein paar Fotos … Und andere lassen sich Möbel ins Zimmer stellen, die bringen alles mit. Das macht die Sache auch nicht leichter.

MICHAEL: Ich möchte hier sterben. Zu Hause. In meinem Haus. Wo meine Sachen sind und alles. Der Garten, die Erinnerungen …

MONIKA: Der Garten ist schön, die alten Obstbäume. – Wie hast du das gemeint, mit dem Haus? Daß ich das haben müßte?

MICHAEL: Manchmal denkt man sich solche Sachen aus. Machst du das nie? Daß du … ich stelle mir das vor. Wie du da in der Küche stehst und … und irgend etwas machst. Etwas kochst oder backst. Du würdest da so gut reinpassen. Dieses Glück … Ich hatte das mal, vor vielen Jahren, als ich mit einer Frau zusammengelebt habe. Wenn du das einmal gehabt hast ... du erwartest nicht, daß du das noch einmal kriegst. Vielleicht später. Wenn man alt ist. Aber mit fünfundvierzig ...

MONIKA: Der zweite Frühling.

MICHAEL: Nichts Sexuelles.

MONIKA: Das habe ich nicht gemeint.

MICHAEL: Dieses Gefühl, daß alles irgendwie wichtig ist. Und daß es so bleibt. Das hatte ich damals. Es ist absurd, aber damals hatte ich ein Gefühl von Dauer. Jetzt scheint alles nur noch provisorisch zu sein. Dabei sind wir jetzt im Haus. Da zieht man so schnell nicht wieder weg. Aber ich kann nicht mehr glauben, daß es dauert.

MONIKA: Und wenn man alt ist, du glaubst, das kommt noch mal?

MICHAEL: Vielleicht. Weil es dann keine Rolle mehr spielt. – Hast du das Gefühl, daß Günter und du ...? Daß ihr zusammenbleibt?

MONIKA: Ich weiß nicht.

MICHAEL: Ich habe das Gefühl gehabt, daß du ...

MONIKA: Darüber habe ich noch nie mit jemandem gesprochen. Ich glaube nicht, daß es an mir liegt. Man kann ihn nicht festmachen. Er ist so ... und mit der Zeit glaubst du selbst nicht mehr daran. Ich verlange ja nicht, daß er mir ewige Treue schwört. Aber wenigstens im Moment. Daß du das Gefühl hast, es ist gut, so wie es ist.

MICHAEL: Findest du, das klingt spießig?

MONIKA: Nein.

MICHAEL: Ich würde doch keinen Teich bauen, wenn ich nie wüßte ...

MONIKA: Und du hast mich in der Küche gesehen, wie ich Kekse backe?

MICHAEL: Wie du das Frühstück machst. Im Winter.

MONIKA: Das ist lustig. Das habe ich nämlich auch. Ich

habe mich in der Küche gesehen, wie ich Kekse backe. Ist das nicht lustig?

MICHAEL: Ja. Wie das passiert im Kopf. Man kann nicht sagen, woher das kommt. Plötzlich sieht man das vor sich. Das stimmt einfach.

MONIKA: Im Schwesternheim teilen wir uns die Küche. Aber ich benutze die nicht. Da macht jede, was sie will.

MICHAEL: Es gibt immer ein erstes Mal, und danach ist alles Erinnerung.

MONIKA: Was hast du dir sonst noch vorgestellt?

MICHAEL: Ein Wintermorgen. Es ist neblig. Die Sonne steht tief, eine weiße Scheibe in den Bäumen. Und Frost überall. Alles weiß und unberührt. Da stehst du in der Küche und machst das Frühstück ... das klingt vielleicht spießig.

MONIKA: Nein. Das klingt schön.

MICHAEL: Irgendwie paßt du da besser rein. Besser als Sandra.

MONIKA: Es ist ja nur eine Phantasie.

MICHAEL: Dabei kennen wir uns kaum.

MONIKA: Es gibt Leute, mit denen ist man sofort vertraut. Als kenne man sich aus einem früheren Leben.

MICHAEL: Könntest du dir denn vorstellen, hier zu wohnen? In diesem Haus?

MONIKA: Es ist schön.

MICHAEL: Sandra mag das nicht. Die alten Sachen. Aber die Dinge sind wichtig. Wenn sonst nichts sicher ist.

MONIKA: In Indien sagen sie, man steigt nie zweimal in denselben Fluß. – Der Ganges.

MICHAEL: Dieses Haus, das haben meine Großeltern gebaut. Die sind tot. Dann haben meine Eltern darin gewohnt, die sind auch tot. Und wenn wir tot sind, dann wohnen vielleicht unsere Kind darin. Das Haus ist immer dasselbe geblieben. Es verändert sich nicht.

MONIKA: Wenn ich ein Kind habe ... ich weiß nicht, wo das wohnen wird. Ich weiß ja noch nicht einmal, wo ich wohnen werde.

MICHAEL: Es ist doch verrückt. Man weiß so viel. Über Beziehungen, über sich selbst, die ganze Psychologie. Jedes Problem ... über jedes Problem können sie reden. Aber das ist keine Lösung. Es hilft nichts zu reden. Der Wille ist stärker als der Verstand. Also die Gefühle. Da hilft dir die ganze Psychologie nichts. Wir sind eben auch nur Tiere.

MONIKA: Was man sich wünscht.

MICHAEL: So ist es doch. Wenn du etwas willst, was hilft es dir, wenn du weißt, es ist nicht gut oder anständig oder vernünftig. Hast du das nicht?

MONIKA: Daß ich mir etwas wünsche?

MICHAEL: Was nicht vernünftig ist.

MONIKA: Das kommt vor. Klar.

MICHAEL: Zum Beispiel?

MONIKA: Ich weiß nicht.

Schweigen.

MONIKA: Den Fisch anfassen.

MICHAEL: Dieser Fisch. Ich liebe ihn, weil er mir gehört. Das hat man doch früher gesagt. Ich gehöre dir. Aber heute ... als sei es etwas Schreckliches, einem Menschen zu gehören.

MONIKA: Meinst du Sandra?

MICHAEL: Ich meine ... Wir sind ein Paar. Aber sie würde nie einem Mann gehören. Sie ist »unabhängig«.

MONIKA: Sie ist nett. Und hübsch.

MICHAEL: Dann sehe ich dich da in der Küche stehen ... Ich glaube, du kannst einem Mann gehören. Ganz gehören. Du bist noch so jung.

MONIKA: Das wäre schön. Aber Günter will das nicht.

MICHAEL: Weißt du, warum? Jemanden besitzen, das heißt,

die Verantwortung für ihn tragen. Günter kann das nicht. Verantwortung tragen.

MONIKA: Er kann sich nicht entscheiden.

MICHAEL: Wenn ich besitzen sage, dann meine ich das wirklich so. Besitzen. Und dafür bezahlen.

MONIKA: Geld?

MICHAEL: Ja.

MONIKA: *lacht* Das klingt verrückt.

MICHAEL: Ich möchte dir das Haus zeigen. Gerade jetzt, in diesem Moment. Egal, was …

MONIKA: Ich würde es gerne sehen.

MICHAEL: Das ist nur so ein Gefühl. Das ist nicht vernünftig. Ich bin fünfundvierzig, doppelt so alt wie du. Wir zwei in diesem leeren Haus …

MONIKA: Man kann nicht immer vernünftig sein.

MICHAEL: Willst du wirklich wissen, was ich mir vorgestellt habe? Also oben liegt eine Matratze. Wenn du mich fragen würdest. Was will ich. Nicht, was denke ich. Mein Gefühl.

MONIKA: Ja?

MICHAEL: Was nicht vernünftig ist oder moralisch. Einfach …

MONIKA: Ja.

MICHAEL: Meine Phantasie. Das sehe ich vor meinem geistigen Auge. Eine Matratze in einem leeren Raum. Und wir zwei … Wir haben nur die Matratze behalten, weil die besser ist als unsere.

MONIKA: Eine gute Matratze muß hart sein.

MICHAEL: Das sind so Phantasien, die man hat.

MONIKA: Zeig sie mir.

9.

Günter steht am vorderen Bühnenrand. Sandra trägt den Spiegel, die Topfpflanze und die Stehlampe von einer Ecke in die andere. Sie bleibt beim Sofa stehen.

GÜNTER: Es wird schon dunkel.

SANDRA: Das ist der Regen.

GÜNTER: Hier wird es früher dunkel als in der Stadt.

SANDRA: Unsinn. Hilf mir mal mit dem Sofa.

GÜNTER: Du kannst es noch lange hin- und herschieben. Das macht die Sache auch nicht besser. – Du kommst mir vor wie ein Tier im Käfig.

SANDRA: Wie ein Fisch im Wasser.

GÜNTER: Ich kenne dich.

SANDRA: Besser als ich mich selber kenne, ja?

GÜNTER: Es gibt zwei oder drei Dinge, die ich von dir weiß.

SANDRA: Ach?

GÜNTER: Du wirst nicht glücklich in diesem Haus. Lach nur …

SANDRA: Vielleicht doch.

GÜNTER: Monika wäre eine Frau für Michael. Die haben sich sofort verstanden. Die will das ja auch, ein Haus und alles. Kinder …

SANDRA: Willst du tauschen?

GÜNTER: Das habe ich nicht gesagt.

SANDRA: Monika hast du dir nur zur Triebabfuhr zugelegt, ja? Bis die Richtige kommt. Und die davor, wie hieß die? Die Wildkatze, die war ja peinlich. Hatte die überhaupt einen Namen?

GÜNTER: Deliah.

SANDRA: Hast du wenigstens deinen Spaß?

GÜNTER: Das tut verdammt weh zu sehen, wie du dich hier einnistest.

SANDRA: Es steht dir frei ...

GÜNTER: ... weil ich genau weiß, daß du nicht glücklich wirst mit Michael.

SANDRA: Nichts über Michael.

GÜNTER: Im Ernst. Dieser Fisch ...

Sandra nimmt den Beutel mit dem Fisch und geht zu Günter.

SANDRA: Schau ihn dir an. Er hat doch etwas ... Rührendes. Ich behaupte nicht, ich liebe ihn, aber ...

GÜNTER: Er sieht dumm aus.

SANDRA: Natürlich ist er dumm. Stell dir vor, du wärest ein Fisch und intelligent. Das wäre ja nicht auszuhalten.

GÜNTER: Das ist doch nicht normal. Dieser Kult um einen Fisch.

SANDRA: Du hast auch deine Macken gehabt.

GÜNTER: Zum Beispiel?

SANDRA: Wenn du betrunken warst. Da war es mir manchmal, als seist du kein Mensch mehr.

GÜNTER: Vielen Dank.

SANDRA: Ich hatte das Gefühl, jetzt kann alles passieren. Dieser stumpfe Blick. Du kannst dir nicht vorstellen, wie einsam man sich fühlt.

GÜNTER: Was noch?

SANDRA: Manchmal, wenn ich am Morgen mit dem Bus zur Arbeit fahre. Die Leute ... ich habe das Gefühl, ich stehe in einer Herde von Tieren. Aber wenn nur einer ... ein Blick, ein Lächeln, und du bist unter Menschen.

GÜNTER: Ich warte auf Argumente.

SANDRA: Was bildest du dir ein? Daß du mir beweisen kannst, daß ich dich liebe?

GÜNTER: Du hast mir nie eine Chance gegeben.

SANDRA: Unsere Beziehung, das war deine Chance.

GÜNTER: Ich habe ja nicht gewußt, daß ...

SANDRA: Ja?

GÜNTER: ... daß du das so ernst nimmst.

SANDRA: Als du zurückgekommen bist, da ist mir alles klargeworden. Du hast versucht, mich zu überzeugen. Wie ein Autoverkäufer.

GÜNTER: Weil ich dich geliebt habe ... weil ich dich immer noch liebe.

SANDRA: Vielleicht hast du mich geliebt, mag sein. Aber mit Michael ... das ist etwas zwischen erwachsenen Menschen. Das verstehst du nicht.

GÜNTER: Das ist primitiv.

SANDRA: Hör auf. Es hat keinen Sinn. Wir waren einfach nicht füreinander bestimmt.

GÜNTER: Und für Michael bist du bestimmt?

SANDRA: Manchmal ist gar nichts besser als die Hälfte.

GÜNTER: Das verstehe ich nicht.

SANDRA: Du mußt das nicht verstehen.

Günter tritt ans Fenster und schaut hinaus.

GÜNTER: Gar nichts ist ja immerhin ein Haus.

SANDRA: Mit Garten. Zum Beispiel.

GÜNTER: Das kann ich dir nicht bieten.

SANDRA: Genau.

Schweigen.

GÜNTER: Heute regnet es auch nur einmal.

SANDRA: Und du? Bist du denn nicht glücklich mit Monika?

GÜNTER: Wir sind ... sie ist eine gute Frau.

Sandra lacht.

GÜNTER: Wir spielen Badminton zusammen.

SANDRA: Das ist nicht fair. In ihrem Alter hat man das Recht, geliebt zu werden.

GÜNTER: Sie liebt mich.

SANDRA: Bist du sicher?

GÜNTER: Wir verstehen uns. Auch im Bett.

SANDRA: Da bestimmt. Das hast du immer verstanden.

GÜNTER: Das ist auch eine Art Liebe. Nähe.

SANDRA: Im Bett sind die Menschen austauschbar. Mit Liebe hat das nichts zu tun.

GÜNTER: So spricht eine frustrierte Frau.

SANDRA: Jetzt willst du hören, daß du besser warst, ja? Willst du die technischen Daten vergleichen? Wie oft und wie lange? Du würdest dich wundern.

GÜNTER: Ich sage ja nicht … Mit dir war es besser. Monika ist so unsicher. Sie strengt sich an.

SANDRA: Ich will das nicht hören. Das ist eure Privatsache.

Schweigen.

GÜNTER: Das ist ja wirklich mitten im Wald hier.

SANDRA: Na und?

GÜNTER: Es ist dunkel. Düster.

SANDRA: Man wird empfindlicher. Man lernt, die kleinen Unterschiede zu sehen.

GÜNTER: Die Brauntöne.

SANDRA: Irgendwann kommen alle zurück.

GÜNTER: Ich weiß noch genau, wie das riecht. Das Laub, das der Regen von den Bäumen gewaschen hat. Wie das da liegt auf den Wiesen und verfault. Dieser säuerliche Geruch von faulen Äpfeln und Laub und Gras. In der Stadt wird das weggemacht.

SANDRA: Das hat mich immer gestört in der Stadt. Daß alle so tun, als seien sie unsterblich.

GÜNTER: Das ist die einzige Möglichkeit, einigermaßen anständig zu leben.

SANDRA: Es ist kindisch.

GÜNTER: Ich würde es noch einmal versuchen. Wir zwei …

SANDRA: Bei dir ist alles ein Versuch. Du kannst dich nicht entscheiden.

GÜNTER: Ich will mich nicht entscheiden. Das nennt man eine Beziehung: ein Versuch. Alles andere ... Diese alten Paare, die sich irgendwann vor dreißig oder vierzig Jahren versprochen haben, daß sie nie mehr auseinandergehen. Schau sie dir doch an, wie sie miteinander umgehen. Was für eine schreckliche Vorstellung. Die Tür abschließen und den Schlüssel wegwerfen. Und das nennen sie Liebe.

SANDRA: Du drehst dich im Kreis.

GÜNTER: Wie sie aneinanderkleben. Sie sind abhängig voneinander, sie können nicht mehr leben ohne den anderen. Und dafür hassen sie sich. Dann werden sie krank und kochen sich Tee. Sie sitzen vor dem Fernseher. Wenn du in ihre Köpfe schauen könntest ...

SANDRA: Sprich nicht von Dingen, die du nicht verstehst.

GÜNTER: Es muß doch möglich sein, anders zu leben.

SANDRA: Es geht nicht. Du fängst immer wieder von vorne an. Du drehst dich im Kreis.

GÜNTER: Na und? Dann geht es eben nicht. Das ist auch Freiheit: zu scheitern, meinetwegen, unglücklich zu sein.

SANDRA: Ab einem gewissen Alter ist es nur noch lächerlich, unglücklich zu sein.

GÜNTER: Die Arroganz der Besitzenden.

SANDRA: Mit Geld hat das nichts zu tun. Glück ist Einstellungssache.

GÜNTER: Wir werden beide nicht glücklich. Du nicht mit Michael und ich nicht mit Monika.

SANDRA: Es gibt anderes im Leben.

GÜNTER: Als Glück?

SANDRA: Auf dem Land ... ich kann das nicht erklären. Hier gibt es etwas, was größer ist als wir. Es hat mit den Bäumen zu tun und mit ... Man kann es nicht beschreiben. Man spürt es, oder man spürt es nicht. Vielleicht hat es deshalb so lange gedauert, bis ich es vermißt habe. Bis ich wußte, daß ich es vermisse.

GÜNTER: Ich weiß nicht, was du meinst.

SANDRA: In der Stadt kann man alles beschreiben, alles ist gemacht. Auf dem Land ... wenn es einmal keine Menschen mehr gibt, dann werden die Städte verschwinden. Aber auf dem Land wird es sein wie immer. Nur etwas stiller.

10.

In Bewegung.

MICHAEL: Man sieht alles nur einmal. Man gibt ihm einen Namen, und von dem Moment an lebt man nur noch in der Erinnerung. Das ganze Leben findet im Kopf statt. Nichts kann einen überraschen, nichts kann einem passieren. Man kann sich alles vorstellen, aber es ist, als geschehe nichts. Nur der Tod ist noch eine Überraschung.

MONIKA: Als Kind hatte ich ein Buch. Da waren alle Menschen gestorben. Nur ein Kind hat überlebt. Ich glaube, die anderen sind zu Stein geworden. Das habe ich mir oft vorgestellt, als ich ein Kind war. Daß nur ich überlebe. Wie die Welt aussehen würde.

MICHAEL: Eine offene Tür, die sich im Wind bewegt. Dinge, die jemand liegengelassen hat, die seit Ewigkeiten da liegen. Staub überall. Tiere werden sich einnisten. Spinnen und Mäuse, vielleicht sogar Vögel. Die Fenster werden blind, die Böden morsch, der Putz bröckelt von der Decke. Die Zeit vergeht. Aber wen kümmert dann noch die Zeit.

MONIKA: Das Buch hieß ... etwas mit grün im Titel.

11.

Michael und Günter stehen an den zwei entgegengesetzten Ecken des Raumes. Michael hält den Fisch in den Händen.

GÜNTER: Wegwerfen, das kann sie.

MICHAEL: Sie hat keinen Respekt vor den Sachen. Ich weiß nicht, ob ich sie dafür bewundere oder verachte.

GÜNTER: Sie hat keinen Respekt. Auch nicht vor Menschen. Sie denkt nur an sich selbst.

MICHAEL: Da war ein Stein. Der hatte eine Bedeutung. Das sah man dem nicht an, ein ganz gewöhnlicher Stein. Sie hat ihn weggeschmissen. Er fehlt mir.

GÜNTER: Ich hänge nicht an Dingen. Nur ein paar Sachen, die ich immer gehabt habe ...

MICHAEL: Da sind wir uns ähnlich.

GÜNTER: Ich glaube nicht.

MICHAEL: Sandra hat viel von dir erzählt.

GÜNTER: Das ist peinlich. Daß Frauen, mit denen man zusammen war, daß die nachher darüber reden. Noch ein Grund, monogam zu sein.

MICHAEL: Solange die Prostituierten nicht reden ...

GÜNTER: Wie habt ihr euch eigentlich kennengelernt?

MICHAEL: Ich bin bei ihr im Reisebüro gewesen. Sie hat mich auf die Idee gebracht, nach China zu fahren.

GÜNTER: Mit mir wollte sie auch immer nach China.

MICHAEL: Sie ist eine gute Verkäuferin. Als ich zurückgekommen bin ... Ich habe viel fotografiert. Kois auch. Die Fische. Die habe ich da ja zum erstenmal gesehen. Die verschiedenen Farben, die es gibt, Kohakus, Asagis, Goshikis ...

Ich bin bei ihr vorbei, um mich zu bedanken. Um ihr die Bilder zu zeigen.

GÜNTER: Sie ist ein freier Mensch.

MICHAEL: Ich hatte gar keine Absichten. Ich bin lange allein gewesen, habe mich eingerichtet. Eine Beziehung habe ich nicht gesucht.

GÜNTER: Dann hat sie ...?

MICHAEL: Sie war immer ehrlich. Daß sie nicht frei ist, hat sie mir am ersten Tag gesagt.

GÜNTER: Das war ...? Das kann nicht sein.

Schweigen. Michael lacht gezwungen.

MICHAEL: Das war ja meistens tagsüber. In der Mittagspause. – Mir war das auch nicht recht. Es war uns beiden nicht recht. Aber ... es hat irgendwie eingeschlagen. Der Blitz.

GÜNTER: Der Blitz hat eingeschlagen.

MICHAEL: Wie sagt man? Das war ... nicht im Kopf. Wir haben ... bei ihr im Hinterzimmer. Dieser leere Raum. Zwischen den Kartons mit den Prospekten und diesen Stellern. *Venedig, die Stadt der Verliebten, Spanien – Lebensfreude pur*. Das war seltsam.

GÜNTER: Im Hinterzimmer.

MICHAEL: Da ist eine Matratze.

GÜNTER: Damit sie sich hinlegen kann über Mittag. Weil sie Rückenschmerzen hatte vom langen Sitzen.

MICHAEL: Ich habe gemeint, du weißt das.

GÜNTER: Wir haben alle unsere kleinen Geheimnisse.

MICHAEL: Das war nicht wegen mir. Die Beziehung war sowieso ... ihr wart in Trennung.

GÜNTER: In Trennung ... ich war nicht in Trennung. Ich war verunsichert.

MICHAEL: Aber du hast dich von ihr getrennt.

GÜNTER: Es hat sich gelohnt. Jetzt hat sie ein Haus, einen Garten. Sogar einen Fisch.

MICHAEL: Das muß hart sein für dich.

GÜNTER: Daß mich meine Freundin betrogen hat?

MICHAEL: Das tut mir wirklich leid.

GÜNTER: Dein Problem.

MICHAEL: Klar. Du bist verletzt. Vielleicht solltet ihr darüber reden. Sandra und du.

GÜNTER: Es ist Zeit, daß die Sachen kommen. Langsam fange ich an, mich zu langweilen.

MICHAEL: Ich wollte ihr nur die paar Bilder zeigen. Sie hat gesagt, ich soll in der Mittagspause kommen. Sie hatte Kunden. Und ich am Mittag noch einmal hin. Sie hat abgeschlossen, und wir sind ins Hinterzimmer gegangen …

GÜNTER: Keine Details. – Und dann?

MICHAEL: Der Raum ganz leer. Nur die Matratze und diese Stellwände, Venedig und so … Wir haben uns auf die Matratze gesetzt. Ich habe die Fotos vor sie hingelegt. Es war ein heißer Tag, und sie hat ein bißchen geschwitzt. Sie trug so ein ärmelloses … ihr Arm hat meinen Arm berührt. Sie hatte ein Bild in der Hand von einem Koi. Einem Asagi, glaube ich. Wie der schaut mit offenem Mund. Das ist ein Asagi, habe ich gesagt, ein Koi. Der Kuß des Koi, hat sie gesagt. Wir haben uns angeschaut – und dann haben wir uns geküßt.

GÜNTER: Der Kuß des Koi.

MICHAEL: Das machen die wirklich. Die drücken ihre Mäuler aufeinander. Oder reiben sie aneinander. Oder sie betasten sich mit den Mäulern.

GÜNTER: Das ist ja widerlich.

MICHAEL: Wir sind ja auch einmal aus dem Wasser gekommen. Vor Urzeiten.

GÜNTER: Sie liebt dich genausowenig, wie sie mich geliebt hat.

MICHAEL: Es geht nicht um Liebe, glaube ich.

GÜNTER: Du liebst sie auch nicht.

MICHAEL: Es spielt keine Rolle. Was uns zusammenhält ... Das ist eine seltsame Frage. Daß man jemanden fragt: Liebst du mich? Was soll man da sagen?
GÜNTER: Die Wahrheit.
MICHAEL: Das meine ich ja. Woher weißt du, daß du jemanden liebst? Wenn du Hunger hast, ißt du, dann geht der Hunger weg. Wenn du Durst hast, trinkst du, dann ist der Durst weg. Das lernt man als Kind. Und wenn die Gefahr weg ist, dann hast du keine Angst mehr. Dazu sind die Gefühle doch da, daß man weiß, was tun. Aber Liebe? Was tut man, wenn man jemanden liebt?

12.

In Bewegung.

MONIKA: Jetzt reden wir, wie alte Freundinnen.

SANDRA: Täusch dich nicht. Wir sind keine Freundinnen.

MONIKA: Doch, doch.

SANDRA: Du bist gut. Du kommst hierher und ... und dann willst du meine Freundin sein!

MONIKA: Er hat gesagt, ihr seid ... daß ihr nicht mehr ...

SANDRA: Darum geht es nicht.

MONIKA: Michael und ich ... er hat gesagt ...

SANDRA: Du mußt nicht alles glauben, was er sagt.

MONIKA: Er hat mir geschworen ...

SANDRA: Kinder schwören.

13.

Sandra und Michael sitzen auf dem Sofa. Monika steht davor, in den Händen den Plastikbeutel mit dem Fisch.

MONIKA: Vielleicht könnte man Luft reinblasen. Mit ... mit einem Rohr.

SANDRA: Wir *haben* kein Rohr.

MICHAEL: Manchmal wünsche ich mir, ich könnte so leben. Ohne etwas. Leere Räume. Aber ich kann so nicht leben. Ich brauche meine Sachen um mich.

SANDRA: Am liebsten wäre es dir, wenn hier alles noch so wäre wie früher, nicht wahr? Und mit deiner Mutter hier wohnen.

MONIKA: In Indien gibt es Bettelmönche, die leben so.

SANDRA: Du willst dich gar nicht neu einrichten. Du wirst ein Stück nach dem anderen ersetzen. Bis alles wieder so ist, wie es einmal war.

MICHAEL: Man kann die Sachen nicht ersetzen.

MONIKA: Schön, wie es regnet. Es ist alles so frisch, wenn es geregnet hat.

Michael ist aufgestanden und zu Monika getreten. Er schaut besorgt in den Beutel mit dem Fisch.

MICHAEL: Er bewegt sich nur noch ganz langsam.

SANDRA: Ihr paßt gut zusammen, ihr drei. Mama, Papa und ihr Baby.

MICHAEL: Wenn ihm etwas geschieht ... Man ist so hilflos.

MONIKA: Das kenne ich. Dieses Gefühl ... wenn bei uns im Heim jemand stirbt ...

MICHAEL: Man sieht, wie er leidet. Aber man kann nichts tun.

SANDRA: Ihr seid lächerlich, ihr beiden. Euer schlechtes Gewissen. Und der Fisch muß es ausbaden.

MICHAEL: Das Verrückte ist ... das Verrückte ist, daß ich mich nicht traue, etwas zu tun. Ich meine ... vielleicht könnte man ihn in die Badewanne ... aber ich kann nicht. Besser nichts tun als das Falsche.

MONIKA: Das ist eine gute Idee.

MICHAEL: Ich kann nicht.

MONIKA: Soll ich?

SANDRA: Spiel dich nicht auf.

MICHAEL: Er ist so ...

MONIKA: Ich weiß, was du meinst.

SANDRA: Bilde dir nichts ein. Du bist nicht die erste.

MICHAEL: Wovon sprichst du?

MONIKA: Wir haben uns zusammen das Haus angeschaut.

MICHAEL: Warum nicht?

SANDRA: Du hast dir wieder irgendwelche Sachen ausgedacht.

MICHAEL: In einem leeren Haus ist alles möglich. Ein paar Menschen, ein paar Dinge. So viele Möglichkeiten ...

MONIKA: Sag nichts.

SANDRA: *Du* sagst besser nichts.

MICHAEL: Wir sollten vielleicht alle ... erst mal ...

SANDRA: Wie der Fisch. Er macht den Mund auf und zu, aber er sagt nichts. Auf und zu, auf und zu ...

Sandra lacht laut.

MONIKA: Ich weiß nicht, was du gegen den Fisch hast.

SANDRA: Ich habe nichts gegen den Fisch. Warum sollte ich etwas gegen ihn haben?

MONIKA: Du magst ihn nicht.

SANDRA: Du weißt genau, was ich meine.

MICHAEL: Er bewegt sich nicht mehr.

MONIKA: Schwimmen tote Fische wirklich auf dem Rücken?

MICHAEL: Vielleicht ist er schon tot.

MONIKA: Kaufst du dir einen neuen? Wenn er …?

SANDRA: Du kannst ihn ja ausstopfen lassen. Es würde keinen großen Unterschied machen.

MICHAEL: Einen, der genau gleich aussieht.

MONIKA: Traurig wäre es …

MICHAEL: Ich werde einen Teich bauen. Man gräbt ein Loch und legt eine Folie hinein. Und dann lebt er darin. Ich kaufe noch mehr Fische. Eine ganze Familie.

SANDRA: Eine Fischfamilie.

14.

In Bewegung.

MICHAEL: Das habe ich mir oft vorgestellt. Diese Tiere, die keinen Sehsinn haben. Die sich nur nach Gerüchen orientieren. Das muß eine seltsame Welt sein. Alles ist unscharf. Was vergangen ist, hinterläßt Spuren. Fährten, denen man folgen kann. Oder Tiere, die nur hören. Eine Welt voller Echos, in der sich die Dinge vervielfachen und dann plötzlich verschwinden. Im Moment, wo du aufhörst zu reden, bist du nicht mehr da.

SANDRA: Ich bin immer noch hier. Nie mehr gehe ich von hier weg. – Was für eine schreckliche Vorstellung.

MICHAEL: Stell dir vor, wenn du nur einen Tastsinn hast, wenn du nur wahrnimmst, was dich berührt. Was für eine kleine Welt das wäre. Deine Haut ist die Grenze der Welt. Alles was geschieht, geschieht nur dir.

SANDRA: Man wird sich auch daran gewöhnen.

15.

Das Sofa steht an der anderen Wand. Sandra sitzt darauf. Monika schaut in den Zuschauerraum. Günter umarmt sie von hinten. Er hält sich an ihr fest.

GÜNTER: … im Hinterzimmer.

SANDRA: Was haben wir denn gemacht?

GÜNTER: *spöttisch* Der Kuß des Koi.

SANDRA: Es sieht nur so aus, als würden sie küssen. Er macht den Mund auf und zu, mehr ist es nicht.

GÜNTER: Ich habe es gespürt. Daß etwas nicht stimmte.

SANDRA: Zwischen uns war es sowieso vorbei.

GÜNTER: Wir hätten ja vielleicht darüber reden können.

SANDRA: Wir haben überhaupt *nur* darüber geredet.

MONIKA. Es ist alles so zufällig. Das Glück und das Unglück. Man ist einen Moment lang unaufmerksam, man macht einen kleinen Fehler, und der verändert das ganze Leben.

SANDRA: Ich habe nie gesagt …

GÜNTER: Daß du mir treu bist?

SANDRA: Was für ein kleiner Fehler, Monika?

MONIKA: Ich weiß nicht, was du meinst.

SANDRA: Ich rede von dir. Was für ein kleiner Fehler verändert dein Leben?

Schweigen. Monika hat sich von Günter losgemacht und ist von ihm weggetreten.

MONIKA: Vielleicht war es kein Fehler. Es kommt darauf an …

GÜNTER: Worauf? Was kommt worauf an?

MONIKA: Man trifft einen Menschen. Ein Zufall. Ob es Glück ist oder Unglück … Hätte man ihn doch nie getroffen.
Monika fängt an zu weinen.

GÜNTER: Warum weint sie? Warum weinst du, Monika? Was ist denn los?

SANDRA: Michael hat ihr das Haus gezeigt. Du wolltest es ja nicht sehen.

GÜNTER: Na und?

SANDRA: Mit geschlossenen Augen.

GÜNTER: Was für ein Unsinn.

SANDRA: Es soll Blinde geben, die haben die ganze Welt im Kopf. Die bewegen sich blind, ohne einen Fehltritt zu machen. Andere machen einen Fehltritt. Und fallen vom Dach.

GÜNTER: Ihr wart auf dem Dach?

SANDRA: In einem leeren Haus ist alles möglich.

MONIKA: Jemandem gehören. Ganz gehören. Ich renne gegen eine Wand …

GÜNTER: Was redet ihr für einen Unsinn.

SANDRA: Oben liegt eine Matratze.

MONIKA: Ich renne gegen eine Wand. Daß du *einmal* sagst … daß wir zusammengehören. Daß du mir gehörst und ich dir.

GÜNTER: Jeder gehört nur sich selbst.

MONIKA: Daß wir zusammengehören.

GÜNTER: Ich kann es nicht sagen, wenn ich mir nicht sicher bin.

MONIKA: Du mußt nicht sicher sein. Du mußt es nur fühlen. Heute ist heute, und morgen ist morgen.

GÜNTER: Ich kann es sagen, wenn du willst. Es ist gelogen, aber das ist euch egal. Ihr wollt ja belogen werden.

SANDRA: Eine gute Lüge ist immer noch besser als die schlechte Wahrheit.

MONIKA: Du liegst noch im Bett, es ist Sonntag, die Kinder

kommen, schlüpfen zu dir unter die Decke ... dann stehst du auf und gehst in die Küche. Du kochst Kaffee. Die Kinder decken den Tisch ...

SANDRA: Er hat sie besessen. Und wenn es nur für einen Moment ist.

GÜNTER: Besessen?

SANDRA: Die Gegenwart dauert drei Sekunden. Was davor ist und danach, liegt im Dunkeln. Man gibt alles auf für nichts.

GÜNTER: Michael ...?

SANDRA: Er kann nichts dafür. Er glaubt ja selbst daran.

GÜNTER: Die Matratze. Oben.

SANDRA: Wenn zwei Menschen sich begegnen, nackt, in einem leeren Raum, dann kann alles passieren.

GÜNTER: Monika? Was hast du gemacht?

SANDRA: Vergiß es. Es ist nicht von Bedeutung.

Monika und Günter schauen sich an. Günter versucht, Monika zu umarmen. Sie läßt es nicht zu.

MONIKA: Ich habe Durst. Holst du mir ... ein Glas Wasser.

16.

In Bewegung.

SANDRA: Warum hast du mir nie von deinem Vater erzählt?

MICHAEL: Ich kann nicht viel über ihn sagen. Er hat in einer anderen Welt gelebt.

SANDRA: Keine Erinnerungen?

MICHAEL: Er war sehr sorgfältig. Wie alle scheuen Menschen.

SANDRA: Du hast ihn überhaupt nie erwähnt.

MICHAEL: Er war mir fremd. Und dann merke ich plötzlich, wie ähnlich wir uns sind. Daß ich ihm immer ähnlicher werde. Jetzt kann ich ihn verstehen. Wenn ich etwas mache, wie er es gemacht hat. Etwas sage, wie er es gesagt hätte. Es freut mich, auch wenn es keinen Sinn hat. Auch wenn nur ich es weiß.

17.

Das Sofa steht wieder da, wo es am Anfang stand. Sandra sitzt darauf, Monika auf der Armlehne.

MONIKA: Wenn du mir nicht glaubst ...

SANDRA: Und wenn ... Sobald unsere Sachen da sind, ist alles anders. Leere Häuser ... es bedeutet nichts.

MONIKA: So hat es doch bei euch angefangen. In einem leeren Raum.

SANDRA: Der Anfang zählt nicht. Jeder kann einen Stein auf den Boden legen. Aber um ein Haus zu bauen, braucht es mehr als einen Stein.

MONIKA: Das Haus hast nicht du gebaut.

SANDRA: Es wird mein Haus sein. Wenn unsere Sachen hier sind ...

MONIKA: Darum geht es doch nicht!

SANDRA: Es ist wie bei den Vögeln. Früher hat man geglaubt, die seien sich treu, weil die Paare zusammenbleiben. Sie bleiben zusammen, sie sind sich treu, wenn du so willst. Aber wenn sich die Gelegenheit bietet ... die springen auf alles, was sich bewegt. Und dann gehen sie heim in ihr Nest.

MONIKA: Das ist häßlich.

SANDRA: Ich weiß gar nicht, warum sich alle immer so aufregen. Die Männer erzählen dir, was sie wollen. Am Schluß kommen sie ja doch zur großen Mutter zurück. Oder zu ihrer Stellvertreterin auf Erden.

MONIKA: Du machst dich über mich lustig.

SANDRA: Du spielst keine schöne Rolle. Was hast du gewonnen?

MONIKA: Das ist nicht wahr.

SANDRA: Du könntest einem fast leid tun. Kennst du das: Du kommst von einer langen Reise zurück. Du bist erschöpft und voller Eindrücke. Und du glaubst, alle sehen es dir an. Was du erlebt hast. Was du erzählen könntest. Und dann merkst du, daß kein Schwein sich dafür interessiert. Du hättest genausogut zu Hause bleiben können. Du bist nur eine müde Reisende mit einem großen Koffer und einem lächerlichen Hut.

MONIKA: Ich reise nicht gern.

SANDRA: Schau dich an …

MONIKA: Das macht es nur schlimmer.

Monika tritt vor den Spiegel und betrachtet sich.

SANDRA: Gewöhn dich daran. Ich kann dir nur wünschen, daß du deinen Spaß gehabt hast.

MONIKA: Findest du, ich bin schön?

SANDRA: Dann war es eine Enttäuschung.

MONIKA: Ich weiß nicht, wovon du sprichst.

SANDRA: Es gibt nichts Traurigeres als eine enttäuschte Geliebte. Wenn nicht einmal der Sex gut war, was bleibt dir dann.

MONIKA: Ich sehe immer nur das, was mir nicht gefällt. Ich bin auch oft krank.

SANDRA: Ich mache dir keinen Vorwurf. Du bist nicht besser als die anderen, aber du bist auch nicht schlechter.

MONIKA: Manchmal im Zug. Nachts im Zug, wenn du plötzlich ein Gesicht siehst in einem der Fenster. Manchmal ist es die Spiegelung einer Spiegelung. Du weißt gar nicht, wo er sitzt. Du schaust ihm in die Augen, und er schaut dir in die Augen, aber eigentlich schaut ihr beide aus dem Fenster, und wenn ein Bahnhof kommt, verschwinden die Gesichter.

SANDRA: Es wäre eine Enttäuschung.

MONIKA: Du könntest alles machen, in diesem Moment. Mit diesem Menschen.

SANDRA: Du streckst die Hand aus, und sie stößt gegen die kalte Scheibe. So war es doch, nicht wahr?

MONIKA: Ich möchte, daß wir Freundinnen sind. Daß wir Freundinnen bleiben. Alte Freundinnen. Michael und ich ...

SANDRA: Ich will es nicht wissen. Ich kann dir erzählen, was er mit dir gemacht hat. Bis ins kleinste Detail. Behalte deine Geschichte für dich. Kein Schwein interessiert sich dafür.

MONIKA: Macht es dir denn nichts aus?

SANDRA: Du kannst mir nicht gefährlich werden. Es steht zu viel auf dem Spiel. Drei Sekunden. Länger dauert die Liebe nicht.

MONIKA: Ich glaube wirklich, daß ich ihn liebe. Warum erzähle ich dir das? – Aber wem soll ich es sonst erzählen?

SANDRA: Haben oder nicht haben. Darum geht es. Ob es ein Lippenstift ist oder ein Mann. Das ist Liebe, wenn du es unbedingt Liebe nennen willst. Und wenn du ihn nicht bekommst, dann bist du unglücklich. Aber am allerunglücklichsten bist du, wenn ihn eine andere bekommt.

MONIKA: Das ist nicht wahr.

SANDRA: Du würdest keinen Moment zögern, mit Michael hier einzuziehen, nicht wahr?

MONIKA: Er will Kinder. Und du ...

SANDRA: Das ist auch nur eine seiner Ideen.

MONIKA: ... eine Familie.

SANDRA: Man muß sich vor dem Sex bezahlen lassen. Das kannst du von den Nutten lernen.

MONIKA: Er hat mir Geld gegeben.

18.

MICHAEL: Es ist Nacht. Auf einem See, mitten auf einem See ohne Ufer. Eine vollkommene schwarze Fläche. Das Wasser und die Luft. Da schwebe ich über dem Wasser, vielleicht einen halben Meter über dem Wasser. Und es schneit, und die Schneeflocken fallen ins Wasser und lösen sich auf. Alles ist ganz klar. Obwohl es dunkel ist, kann ich die Schneeflocken sehen. Ich spüre sie auf meinem Körper. Ich muß nackt sein, aber mir ist nicht kalt. Und ich höre die Schneeflocken, ich höre jede einzelne, wenn sie sich mit einem leisen Zischen im Wasser auflöst. Es gibt keine größere Verlassenheit. Und plötzlich sehe ich, daß unter mir, mir gegenüber wie ein Schatten, ein riesiger Fisch im Wasser steht.

19.

Das Sofa steht in der Mitte des Raums. Darum herum stehen der Spiegel, die Stehlampe und die Topfpflanze. Michael hält den Fisch in den Armen. Er, Sandra, Günter und Monika stehen im Raum, jeder für sich.

MICHAEL: ... ein riesiger Fisch.

SANDRA: Deine Träume!

MICHAEL: Bewegungslos steht er im Wasser.

MONIKA: Wir haben das Haus angeschaut.

MICHAEL: Es kommt mir so leer vor plötzlich.

MONIKA: Ich habe mir vorgestellt, hier zu wohnen.

GÜNTER: Ein glückliches Leben in einem schönen Haus.

SANDRA: Willst du tauschen?

GÜNTER: Womit tauschen? Ich habe nichts, womit ich tauschen könnte.

MICHAEL: Als Kinder haben wir alles getauscht. Man wollte immer das, was der andere hat. Spielsachen, Fußballerbildchen, jeder hatte seinen Schatz. Man hat sich die Sachen gezeigt. Ich habe nie mehr etwas so besessen wie damals. Die paar Sachen, die ich hatte.

SANDRA: Nur die Jungs haben getauscht. Wir Mädchen nicht.

MONIKA: Das ist wahr. Wir haben nicht getauscht.

SANDRA: Sie sind die Sammler. Und wir die Jägerinnen.

MICHAEL: Wenn man gar nichts hätte, ich glaube, man würde durchdrehen. Man braucht ja nichts, aber ... Es ist das Gewicht der Dinge. Was uns auf dem Boden hält.

SANDRA: Wenn sie da sind, sind sie da. Und wenn sie weg sind, sind sie weg.

MICHAEL: Aber die Erinnerungen bleiben. Da, wo einmal etwas war ... es bleibt eine Lücke.

SANDRA: Du wirst dich an die neuen Sachen gewöhnen.

MICHAEL: Das Verrückte ist, daß man immer nur das sieht, was geschieht. Die Veränderungen, die Bewegungen. Welche Tiere sind das? Die Schlangen? Die Bären? Die nur sehen, was sich bewegt? Man muß still stehen, dann geschieht einem nichts. Nachts spürt man es manchmal. Wenn man erwacht und weiß, alles ist noch da, nichts ist geschehen. Blind würde man die Dinge finden. Weil sich nichts bewegt. Man darf sich nur nicht bewegen.

MONIKA: Ich habe gemeint ...

SANDRA: Ich habe es dir gesagt.

MICHAEL: Wenn man die Augen schließt und sich nicht bewegt, kann man ... dann ist alles noch da. Alles ist da, wo es hingehört.

MONIKA: Ich würde jetzt gern gehen.

GÜNTER: Das ist der erste vernünftige Satz, den ich heute höre.

MONIKA: Ich fühle mich schmutzig.

SANDRA: Du bist nicht schmutziger als die anderen Nutten.

MICHAEL: Sie sind nicht schmutzig. Du verstehst nicht. Sie sind wie ... Es geht nicht um Geld. Darum geht es nicht. Es war ... die reine Liebe.

SANDRA: Es reicht! – Ja? Sie soll gehen. Mir ist es egal, was ihr da oben gemacht habt. Aber jetzt soll sie verschwinden. Wenn die Sachen kommen ... ich will sie nicht mehr hier sehen. Ist das klar?

GÜNTER: Es war nichts, nicht wahr, Monika? Die Matratze ... ihr habt nicht ... nicht wahr? Das ist absurd.

MONIKA: Doch.

MICHAEL: Es war nichts.

MONIKA: Er hat gesagt ... wir zwei in diesem leeren Haus.

Nicht vernünftig, nicht moralisch. Es ist ein Gefühl: Einen Menschen ganz besitzen.

GÜNTER: Du …?

MONIKA: Er hat mir Geld gegeben.

GÜNTER: Geld?

SANDRA: Wieviel?

MICHAEL: Darum geht es doch nicht.

GÜNTER: Du hast … und er hat dir Geld gegeben?

Monika tritt ganz nah an das Fenster, als wolle sie den Raum verlassen.

MONIKA: In der Schule haben sie uns das mal vorgerechnet. Im Religionsunterricht. Der Materialwert eines Menschen. Ein paar hundert Mark. Die haben natürlich gemeint, ein Mensch ist viel mehr als Wasser und Fett und Eiweiße. Mehr wert. Das wollten die sagen. Aber mir hat das gefallen, daß ich ein paar hundert Mark wert bin. Das war damals viel Geld für mich.

GÜNTER: Die haben euch einen Unsinn erzählt. Dein Materialwert ist vier oder fünf Euro. Nicht mehr.

Schweigen.

MICHAEL: Ich glaube, er hat sich bewegt.

SANDRA: Stell den verdammten Fisch ab. – Warum tust du das?

MICHAEL: Er lebt noch.

SANDRA: Du hast versprochen, daß du aufhörst damit.

MICHAEL: Es war plötzlich alles so leer.

SANDRA: Manchmal bist du wie ein Kind.

MICHAEL: Was machen wir, wenn die Sachen nicht kommen?

SANDRA: Dann kaufen wir uns neue.

MONIKA: Hör nicht auf sie. Komm mit mir.

MICHAEL: Man kann nicht neu anfangen. Es war nur ein Traum, ein verrückter Traum.

MONIKA: Komm. Michael!

MICHAEL: Das Verrückte ist ... ich traue mich nicht ... weggehen. Alles aufgeben. Was bleibt mir dann? Das ist mein Haus. Mein Haus.

MONIKA: Ich gehöre dir.

Michael tritt neben Monika. Er hält den Fisch in den Armen wie ein Kind.

MICHAEL: Ich glaube, jetzt stirbt er.

SANDRA: Gib mir den Fisch.

MICHAEL: Was willst du mit ihm?

SANDRA: Gib ihn her.

GÜNTER: Ihr seid doch alle total verrückt.

MICHAEL: Was hast du vor?

SANDRA: Ich tue ihn in die Badewanne.

MONIKA: Nicht!

SANDRA: Wollt ihr ihn denn verrecken lassen?

MONIKA: Paß auf! Sie will dich.

SANDRA: Darüber reden wir nachher. Jetzt kümmern wir uns erst mal um den Fisch.

MONIKA: Denk daran, was du gesagt hast. Alles, was in mir steckt. Die Möglichkeiten. Aber ich brauche deine Hilfe. Du mußt mir helfen.

SANDRA: Gib mir den Fisch.

MICHAEL: Sonst stirbt er.

MONIKA: Du hast gesagt ...

SANDRA: Er küßt nicht. Er macht nur den Mund auf und zu.

MICHAEL: Ich kann nicht weg hier.

Sandra macht einen Schritt auf die beiden zu und streckt die Hände aus.

MONIKA: Du kannst! Töte ihn. Töte den Fisch.

MICHAEL: Ich weiß nicht ... wie man einen Fisch tötet.

SANDRA: Es reicht. Gib ihn her. Das arme Tier.

MONIKA: Mit einem Stein.

20.

Die Topfpflanze, der Spiegel, die Stehlampe im leeren Raum.

ENDE

Die Töchter von Taubenhain

Vergangen sei vergangen,
Und Zukunft ewig fern;
In Gegenwart gefangen
Verweilt die Liebe gern.

Clemens Brentano

Die Personen:

DR. GOTTFRIED BÜRGER, 65, ARZT

SEINE TÖCHTER:
DOROTHEE, 36
EMILY, 33
SOPHIE, 30

REINHARD, 22, BIOLOGIESTUDENT

Wir befinden uns in der Provinz, in einem leicht heruntergekommenen Bungalow aus den 1970er Jahren. Das Haus umgibt ein großer wilder Garten, eher verkommen als geheimnisvoll. Vielleicht ist es neblig, aber es ist nicht kalt. Haus und Garten wirken unbelebt, dennoch müssen wir immer damit rechnen, beobachtet zu werden.
Das Stück spielt innerhalb eines Tages, der für ein Jahr steht. Mit dem Tag vergeht das Jahr, vom Frühlingsmorgen über den Sommernachmittag, den Herbstabend bis zur Winternacht. Im zweiten Akt, im Garten, verläuft die Zeit nicht chronologisch. Dort können Szenen in der Vergangenheit oder in der Zukunft spielen. Reinhard kann zu Dorothees verstorbenem oder zu Emilys erwartetem Bräutigam werden.
Der Prolog kann vor geschlossenem Vorhang gespielt werden oder im Garten. Im ersten und dritten Akt befinden wir uns im Wohnzimmer, im zweiten im Garten.

Prolog

Ein Schuß ertönt.

SOPHIE: *ruft aus dem Off* Emily! Dorothee! Wartet auf mich. Ich komme.

Zwei Schüsse ertönen. Dann kommt Sophie auf die Bühne gerannt. Sie ist nackt, aber weder sie noch später Reinhard scheinen ihre Nacktheit zu bemerken. In der Hand trägt sie ein Gewehr. Sie bleibt stehen, schaut sich um.

SOPHIE: Horcht! Mein Geliebter! Seht, da kommt er, springend über die Berge, hüpfend über die Hügel. Er gleicht dem Reh oder dem Hirsch; da, schon steht er hinter unserer Mauer, schaut durch die Fenster, späht durch die Gitter. Er spricht und redet zu mir: Komm, meine Freundin, meine Schönste, komm! Vorbei ist der Winter, der Regen verschwunden, vergangen. Die Blumen erscheinen am Boden. Den Kuckuck hört man in unserem Land, und die Kirschen sind reif am Kirschbaum. So süß sind sie, so süß …

Reinhard läuft auf die Bühne. Als er Sophie sieht, hält er an. Er ist außer Atem.

REINHARD: Wo sind wir hier?

SOPHIE: Im Paradies.

REINHARD: Man könnte es meinen. Wie still die Blumen sind.

SOPHIE: Mein Herz ist in diesem Garten. Nichts wächst hier, was mich nicht liebt und von mir nicht zärtlich geliebt wird.

REINHARD: Wer sind Sie? Die Gärtnerin? Die Jägerin?

SOPHIE: Sie können mich Sophie nennen, wenn Sie wollen.

REINHARD: Was machen Sie hier? Sophie.

SOPHIE: Ich bin immer hier. Ich bin hier geboren und gewachsen.

REINHARD: Sie leben ganz allein?

SOPHIE: Ich bin nicht allein. Es ist mein Garten.

REINHARD: Ich habe gemeint, hier wohnt keiner.

SOPHIE: Ich habe mich versteckt, damit Sie mich finden.

REINHARD: Jetzt habe ich Sie gefunden, aber ich habe mich verloren. Ich weiß nicht mehr, wo ich bin.

SOPHIE: Am Anfang oder am Ende. Ich verwechsle das immer.

REINHARD: Von da sind wir gekommen, nicht wahr? Oder von da? Ich würde den Weg zurück nicht mehr finden.

SOPHIE: Es gibt keinen Weg zurück.

REINHARD: Wo ist die Straße? Mein Auto? Wo sind dic anderen?

SOPHIE: Welche anderen?

REINHARD: Sie haben doch gesagt, Sie sind nicht allein.

SOPHIE: Habe ich das gesagt? Ich vergesse immer gleich alles. Soll ich Ihnen etwas verraten?

REINHARD: Ich bitte darum.

SOPHIE: Die Vögel mit den großen Augen fangen am Morgen früher an zu singen.

REINHARD: Wie kommen Sie denn darauf?

SOPHIE: Haben Sie das gewußt? In der Mongolei ruft der Kuckuck am Morgen zwei Stunden lang.

REINHARD: In der Mongolei?

SOPHIE: Im Morgenland. Heute hat er mich den ganzen Tag über gerufen.

REINHARD: Der Kuckuck? Ich weiß nicht viel von Vögeln.

SOPHIE: Nur die Stimmen können Sie nachmachen. Die Stimmen der Vögel.

REINHARD: Woher wissen Sie das?

SOPHIE: Sie haben es mir doch beigebracht.

REINHARD: Wann?

SOPHIE: In einem früheren Leben. Gestern. Oder im letzten Jahr?

REINHARD: Das habe ich von meinem Großvater gelernt. Als ich ein Kind war.

SOPHIE: Ich war auch einmal ein Kind.

REINHARD: In die Mongolei wäre ich gern einmal gefahren. Ich war noch nie im Osten.

SOPHIE: Es ist einerlei. Wenn Sie immer weiter nach Westen gehen, kommen Sie auch in den Osten.

REINHARD: Das ist wahr. Die Erde ist rund. Aber ich war auch nie wirklich im Westen. Ich meine ...

SOPHIE: Wir drehen uns im Kreis. Spüren Sie, wie die Erde sich dreht? Der Wind ... Mir wird ganz schwindlig.

REINHARD: Ich glaube nicht.

SOPHIE: Morgen um dieselbe Zeit sind wir wieder hier.

REINHARD: Wenn Sie das so sehen ...

SOPHIE: Geboren werden oder sterben, es ist dasselbe. Wir kommen zu einer Tür herein und gehen zur anderen wieder hinaus. Das Leben dauert drei Sekunden.

REINHARD: Was sagen Sie für seltsame Dinge.

SOPHIE: Die Lebenden träumen vom Tod, und die Toten träumen vom Leben.

REINHARD: Sie bringen mich ganz durcheinander.

SOPHIE: Lieben Sie mich?

REINHARD: Wir haben uns ja eben erst getroffen.

SOPHIE: Wieviel Zeit brauchen Sie denn, um mich zu lieben? Eine Stunde, einen Tag, ein Jahr?

REINHARD: Ich weiß nicht. Eine Woche vielleicht?

SOPHIE: Ein Jahr oder ein Tag, es ist dasselbe. Ich habe Sie gleich geliebt. Ich liebe Sie schon lange. Wollen wir vögeln?

REINHARD: Sie ...? Das ist ...

SOPHIE: Komm in meinen Garten und iß meine Früchte und trink meinen gewürzten Wein. Komm! Heute ist unser Hochzeitstag. Die Liebe ist stärker als der Tod.

Sophie rennt davon. Reinhard folgt ihr.

1. Akt

Ein Salon, eingerichtet mit Stilmöbeln, viel falsches Gold, viele Teppiche und Vorhänge. An der Wand ein Gemälde der verstorbenen Mutter als junge Frau. Sie ist schwanger und trägt ein weißes Hochzeitskleid. Der Raum hat etwas Lebloses. Eine Tür führt in den Flur. Durch eine Glastür und durch die Fenster sieht man in den Garten.
Es ist früh an einem Wintermorgen. Vor den Fenstern ist es noch dunkel. Die drei Schwestern, Emily, Sophie und Dorothee, haben zu Ende gefrühstückt. Sie haben alle dieselbe Frisur und tragen dieselben altjüngferlichen Kleider.
Sophie sitzt am Tisch und blättert in Modezeitschriften. Emily sitzt am Klavier, klimpert darauf herum und singt oder rezitiert. Dorothee macht sich am Sekretär zu schaffen.
EMILY:

Im Garten des Pfarrers von Taubenhain
Geht's irre bei Nacht in der Laube.
Da flüstert und stöhnt's so ängstiglich;
Da rasselt, da flattert und sträubet es sich,
Wie gegen den Falken die Taube.

Des Pfarrers Tochter von Taubenhain
War schuldlos wie ein Täubchen.
Das Mädel war jung, war lieblich und fein,
Viel Freier ritten nach Taubenhain
Und wünschten Sophie zum Weibchen. –

Da trieb es der Junker von Falkenstein
In Hüll' und in Füll' und in Freude.
Er schrieb ihr ein Briefchen auf Seidenpapier,
Ich hab' ein gut Wörtchen zu kosen mit dir;
Sei wacker und laß dir nicht grauen!

Heut Mitternacht horch auf den Wachtelgesang,
Im Weizenfeld hinter dem Garten.
Ein Nachtigallmännchen wird locken die Braut
Mit lieblichem, tiefaufflötenden Laut;
Sei wacker und laß mich nicht warten!

Er kam, in Mantel und Kappe vermummt,
Er zog sie zur Laube, so düster,
Da pocht' ihr das Herzchen, da schwoll ihr die Brust ...

SOPHIE: Hör auf! Hör auf! Mir wird ganz ...

EMILY: Um Mitternacht kommt der Junker und holt dich.

SOPHIE: Da schlafe ich ja längst.

EMILY: Die Männer kommen immer bei Nacht.

SOPHIE: Wie die Schnecken.

DOROTHEE: Was weißt denn du von Männern!

EMILY: Und am nächsten Morgen sind sie weit weg.

DOROTHEE: Emily! Hör jetzt auf!

Dorothee ist zu Sophie getreten.

DOROTHEE: Das hier ist hübsch.

SOPHIE: Rosa?

DOROTHEE: Warum nicht? Das Bolerojäckchen.

SOPHIE: Im Sommer wird es warm sein. Das gefällt mir. Peach ist meine Lieblingsfarbe.

DOROTHEE: Das ist viel zu teuer.

SOPHIE: Meinst du, mein Busen ist zu klein?

Emily tritt zu den Schwestern. Sie nascht aus dem Konfitüreglas.

DOROTHEE: Emily! Nicht mit den Fingern! Dein Busen ist genau richtig, Sophie.

EMILY: Das ist Seidenchiffon.

SOPHIE: Papa sagt …

EMILY: Hör doch nicht auf Vater. Der und Kleider!

SOPHIE: Wie findest du das, Dorothee?

DOROTHEE: Da steht kein Preis.

SOPHIE: Sag du, Emily? Welches magst du lieber?

EMILY: Ich trage ein schwarzes Kleid zu meiner Hochzeit.

SOPHIE: Ein schwarzes!? Das bringt Unglück.

EMILY: Die Männer tragen schwarz.

DOROTHEE: Die bringen Unglück.

SOPHIE: Nicht meiner.

EMILY: Wie soll er denn sein, deiner?

SOPHIE: Er ist gescheit. Und schön. Und stark ist er auch. Er ist einfach super. Wie Papa. Und er hat ein Auto.

DOROTHEE: Was willst du hier mit einem Auto anfangen.

SOPHIE: Mit Vierradantrieb.

EMILY: Wenn er wie Vater ist, dann ist er kein Mann für dich. Mit Vierradantrieb! Schau an.

SOPHIE: *singt*

Grün, grün, grün sind alle meine Kleider.
Grün, grün, grün ist alles, was ich hab.
Darum lieb ich alles, was grün ist,
Weil mein Schatz, mein Schatz, mein Schatz …

DOROTHEE: … ein Jäger ist.

SOPHIE: Ein Botaniker. Und deiner? Was ist deine Farbe, Dorothee? Meine Lieblingsfarbe ist Grün.

EMILY: Grau ist ihre Farbe. Dorothees Farbe ist Grau wie Zement.

DOROTHEE: An die Arbeit, Kinder. Wir haben schon genug Zeit verplempert.

SOPHIE: Und deine Schwarz. Der schwarze Mann.

EMILY: Ein Künstler wird er sein. Ein Musiker.

DOROTHEE: Ein Taugenichts.

SOPHIE: Meiner ist Flechtenforscher.

EMILY: Was du dir ausdenkst!

SOPHIE: Er hat mir alles erklärt. Flechten gibt es überall, in der Wüste und in den arktischen Gebieten und hoch oben in den Bergen, wo keiner mehr ist. Sie vermehren sich, ganz wie es ihnen paßt, geschlechtlich oder ungeschlechtlich. Das Geschlechtliche ist ziemlich kompliziert.

Dorothee und Emily lachen.

EMILY: Ausgerechnet!

DOROTHEE: Los jetzt! Es gibt viel zu tun.

EMILY: Der steckt dich in seine Sammelbüchse und nimmt dich mit, dein Flechtenforscher. Und preßt dich und klebt dich in sein Album.

DOROTHEE: Mach ihr keine Angst, Emily.

EMILY: Keine Hoffnungen, willst du sagen.

SOPHIE: Er sammelt Flechten, nicht Mädchen. Er hat sie mir gezeigt. Er sagt, bei uns im Garten gibt es ganz viele.

Emily und Dorothee schweigen konsterniert.

DOROTHEE: Wer er?

SOPHIE: Reinhard. Mein Bräutigam.

EMILY: Du hast ...

DOROTHEE: Sophie! Woher hast du denn plötzlich einen Bräutigam? Ist er aus den Wolken gefallen?

SOPHIE: Durch die Lücke in der Mauer ist er gekommen.

DOROTHEE: Mach keine Witze.

SOPHIE: Aber es ist wahr. Er hat gemeint, hier wohnt keiner. Er hat Flechten gesammelt und dann ...

DOROTHEE: Wann ist er gekommen?

SOPHIE: Gestern. Oder morgen? Ich verwechsle das immer.

EMILY: Wenn Vater das erfährt ...

DOROTHEE: Und wo ist er jetzt?

SOPHIE: Er schläft noch.

DOROTHEE: Wo?

SOPHIE: In meinem Zimmer.

DOROTHEE: In deinem Bett?!

SOPHIE: Soll er auf dem Boden schlafen?

DOROTHEE: Sophie! Du kannst doch nicht einen wildfremden Mann in dein Zimmer nehmen und ...

SOPHIE: Er ist mein Bräutigam.

EMILY: Was sie nicht weiß, macht sie nicht heiß.

SOPHIE: Ich weiß aber!

DOROTHEE: Was weißt du? Sophie, was hast du gemacht mit ihm?

SOPHIE: Wir haben zusammen geschlafen.

DOROTHEE: Wie geschlafen? Mit geschlossenen Augen oder mit offenen?

SOPHIE: *lacht* Mit offenen Augen kann man doch nicht schlafen.

DOROTHEE: Ich meine es ernst. Hat er ... habt ihr euch ... hast du ihr das denn nie erklärt, Emily?

EMILY: Warum ich? Das ist dein Gebiet.

DOROTHEE: Schweig!

EMILY: Der Maurer stopft das Loch. Dazu hast du ihn doch herbestellt.

SOPHIE: Im Sommer wird es heiß sein. Dann können wir im Garten feiern.

DOROTHEE: Sophie! Habt ihr oder habt ihr nicht?

SOPHIE: Gevögelt haben wir im Garten. Das war schön. Ich bin auf ihm geritten wie auf einem Pferd. Ich wollte immer ein Pferd. Und dann hat er mich ... *lacht* mein Hündchen.

DOROTHEE: Hör auf. Wir wollen das nicht hören.

SOPHIE: Du hast gefragt.

DOROTHEE: Sophie! Paß auf! Du sagst Vater nichts, ist das klar? Laß mich erst mit ihm reden.

SOPHIE: Aber wir lieben uns doch.

DOROTHEE: Was geschehen ist, ist geschehen.

Emily setzt sich ans Klavier und fängt an, darauf herumzuklimpern.

EMILY: *singt*

Wo ist der Freund, den überall ich suche,
Nach dem mein Herz am Morgen schon verlangt,
Für den den Abend ich verfluche,
Um den es in der Nacht mich bangt?

SOPHIE: *verträumt*

Ich seh die Spur, so lang die Blumen blühen.
Im Dunkeln erst ...

EMILY:

Im Dunkeln nur wird es dich zu mir ziehen.
Noch bist du fern, ich weiß nicht, wo du bist,
Doch wirst du wieder bei mir sein,
Wenn erst der Sommerwind dem Herbst gewichen ist.

SOPHIE: Wenn er nur hier wäre. Ich muß ihn gleich küssen. Ich wecke ihn.

DOROTHEE: Warte! Erst rede ich mit Vater.

SOPHIE: Er hilft mir im Garten, und wir sind alle glücklich und zufrieden. Wo Papa nur bleibt!

DOROTHEE: Er wird gleich hiersein.

EMILY: Schau an, ein Bräutigam.

SOPHIE: Meiner!

Dr. Bürger betritt den Raum. Er trägt Jägerkleidung, eine Schrotflinte über der Schulter und zwei tote Enten in der Hand. Sophie springt auf, rennt zu ihm hin und umarmt ihn etwas zu lange und zu zärtlich für eine Tochter. Die Tür bleibt offen. Emily sitzt am Klavier und spielt leise. Sie scheint den Vater nicht zu bemerken.

SOPHIE: Papa! Wir haben auf dich gewartet.

BÜRGER: Mein Mädchen! Das will ich doch hoffen. Dorothee, gib mir einen Whisky.

DOROTHEE: Am Morgen früh!

BÜRGER: Ich bin seit Ewigkeiten auf den Beinen.

DOROTHEE: Hast du gegessen?

BÜRGER: Ich weiß nicht, was mit den Enten los ist in diesem Jahr.

Dr. Bürger legt die Enten auf den Eßtisch und lehnt das Gewehr an die Wand. Er setzt sich in einen der Sessel. Dorothee schenkt dem Vater einen Whisky ein, Sophie hilft ihm aus den Stiefeln und in die Hausschuhe.

BÜRGER: Was habt ihr gemacht, die ganze Zeit über?

SOPHIE: Viel. So viel.

DOROTHEE: So lange warst du nicht weg.

BÜRGER: Die Zeit wird mir immer lang, wenn ich nicht bei euch bin.

DOROTHEE: Es ist alles gemacht, was zu machen war.

BÜRGER: Daran habe ich nicht gezweifelt, Dorothee. Meine Gute.

DOROTHEE: Ich tue, was ich kann.

BÜRGER: Und Emily klimpert uns die Ohren voll. Spiel wenigstens etwas Fröhliches.

EMILY:

Nicht lachen mehr, nicht singen mehr,
Nicht mehr in Wäldern jagen,
Still sitzen hier und klagen,
Weil ich nun mein Hirschlein geschlagen tot.

Wollt eilen hin, wollt eilen her,
Könnt einer mir nur sagen,
Daß ich es nicht erschlagen,
Daß ich nicht vergossen sein Blut so rot.

O böse Jagd! o böser Pfeil!
Mit liebem Blut gerötet,
Mein Freund hab ich getötet,
Der um mich verlassen die Freiheit sein.

BÜRGER: Was ist das? Spiel etwas vom Frühling.

SOPHIE: Frühling läßt sein blaues Band ... wie geht es weiter? ... wieder schleifen ... blau ist meine Lieblingsfarbe.

Emily spielt weiter ihre traurigen Melodien.

DOROTHEE: Es ist ... wir haben einen ... einen Gast.

BÜRGER: Einen Gast? Was für einen Gast? Wo?

Dr. Bürger ist aufgestanden. Er ist nervös. Er nimmt das Gewehr in die Hand.

SOPHIE: Mein ...

DOROTHEE: Ein Botaniker. Er hat hier etwas gesucht.

SOPHIE: Er sucht Flechten. Er ist Flechtenforscher.

DOROTHEE: Er hat gemeint, das Haus sei verlassen.

SOPHIE: Aber das ist es nicht.

DOROTHEE: Wir haben ihm das Gästezimmer gegeben. Sein Auto war ... eine Panne. Es wurde schon dunkel. Da haben wir ihm ein Zimmer gegeben. Geben müssen. Das Gästezimmer. Er wäre sonst ...

BÜRGER: Wer?

SOPHIE: Ich.

DOROTHEE: Ich. Wir haben entschieden ... er wäre sonst ... im Schnee ... wir konnten ihn nicht ...

BÜRGER: Du weißt, daß ich das nicht will.

DOROTHEE: Wir konnten ihn doch nicht ... er wäre erfroren.

BÜRGER: Der Schnee ist längst geschmolzen.

DOROTHEE: Als er gekommen ist ... es war ein Notfall. Er wird nach dem Frühstück ... wenn sein Auto repariert ist ... dann wird er gehen.

BÜRGER: Und wo ist dieser Gast?

DOROTHEE: Er schläft noch. Im Gästezimmer. Sophie, hol unseren Gast.

Sophie geht ab.

EMILY: *rezitiert*

O Sonnenschein! o heißer Schein!
Hier sitz ich an der Quelle,
Wo in dem Wasser helle,
Das Hirschlein sah sein güldin Geweih.

Nicht lachen mehr, nicht singen mehr,
Nicht mehr in Wäldern jagen,
Still sitzen hier und fragen,
Wer hat erschlagen das Hirschlein mein?

BÜRGER: Emily! Wenn dir nichts Besseres einfällt, dann räum den Tisch ab. Mach dich nützlich.

Emily hört auf zu spielen und setzt sich schmollend auf einen Sessel. Dr. Bürger und Dorothee erwarten gespannt den Gast. Sophie kommt herein, gefolgt von einem jungen Mann, dem die Situation offensichtlich peinlich ist. Emily verrenkt sich, um ihn zu sehen. Reinhard streckt Dr. Bürger die Hand hin, aber dieser nimmt sie nicht.

SOPHIE: Das ist er. Mein ...

DOROTHEE: ... unser Gast.

REINHARD: Guten Morgen. Reinhard. Es freut mich ...

BÜRGER: Er hat einen Unfall gehabt?

REINHARD: Einen ...?

DOROTHEE: Vater meint Ihr Auto. Wir haben Sie hier aufgenommen, weil Ihr Auto eine Panne hatte. Der Schnee, die Kälte, Sie wären erfroren. Erfroren.

REINHARD: Ach so, das. Ja. Ihre Tochter ... Ihre Töchter waren sehr ... großzügig. Hilfsbereit.

BÜRGER: Habt ihr den Pannendienst gerufen, Dorothee?

REINHARD: Ich kann das selbst in Ordnung bringen. Es ist nichts.

BÜRGER: Das ließ sich nicht gleich erledigen?

REINHARD: Es ... es war schon dunkel. Und kalt.

BÜRGER: Er hat Flechten gesucht. Im Schnee.

REINHARD: Im Schnee?

DOROTHEE: Vater meint, im Schnee.

REINHARD: Ach so. Im Schnee, ja. Ich mache ein Inventar der Flechten dieser Gegend. Meine Diplomarbeit. Die Mauer um Ihr Haus ist eine Fundgrube. Ich war etwas überrascht, als ich Sophie ... Sophie hat mich überrascht. Wie eine ... wie sagt man? Eine Elfe. Eine kleine Waldelfe. Sie ist so ...

SOPHIE: Elfen gibt es doch nicht.

REINHARD: Ich meine ...

BÜRGER: Dorothee, schau zu, daß er so schnell wie möglich hier verschwindet.

REINHARD: Ich würde mir gerne die Mauer noch etwas genauer anschauen und den Garten. Wenn Sie nichts dagegen haben. Sie haben schöne Koniferen. Prächtige Bäume.

DOROTHEE: Der Garten ist Sophies Gebiet.

SOPHIE: Ich zeige ihm alles.

EMILY: Sie hat ihm doch schon alles gezeigt.

BÜRGER: Aber danach ...

REINHARD: Ihre Töchter ...

BÜRGER: Dorothee, schenk mir einen Whisky ein.

Dorothee schenkt ihrem Vater Whisky nach. Dr. Bürger hat das Gewehr in einem Wandschrank eingeschlossen und sich wieder hinge-

setzt. Sophie setzt sich auf die Lehne seines Sessels. Sie umarmt und küßt den Vater. Reinhard steht verlegen herum.

REINHARD: Sie haben ein schönes Haus hier. Ein kleines Paradies ist der Garten.

BÜRGER: Wir sind ganz für uns. Und wollen das auch bleiben.

REINHARD: Nur Sie und die Mädchen?

SOPHIE: Dorothee fährt manchmal in die Stadt, um einzukaufen. Aber wir sind immer hier.

BÜRGER: Er kommt aus der Stadt?

REINHARD: Ich studiere in der Stadt.

SOPHIE: Papa hat auch in der Stadt studiert.

BÜRGER: Die Stadt ist voller Schmutz und Unrat. Das merkt man den Menschen an.

REINHARD: Das Leben auf dem Land muß schön sein.

BÜRGER: Wir stehen früh auf und gehen früh ins Bett. Unsere Tage sind von Arbeit erfüllt. Die frische Luft, die Arbeit im Freien, da braucht man abends keine Kinos und Diskotheken.

REINHARD: An einem so schönen Ort …

BÜRGER: Das Böse hat hier keinen Platz. Es herrscht Ordnung. Jeder hat seine Aufgabe und fügt sich ein in ein Ganzes.

REINHARD: Ihre Frau …?

BÜRGER: Meine Frau hat dieses Haus geliebt.

REINHARD: Sie ist …? Ist sie das?

Reinhard ist vor das Bild der Mutter getreten. Dr. Bürger tut, als habe er die Frage nicht gehört.

BÜRGER: In der Stadt gibt es keine Ordnung mehr, keine Harmonie, keinen Frieden. Alles ist zerrissen und durcheinander. Wie soll da ein Mensch gedeihen? Ungeschützt und losgelöst von der Ordnung der Natur. Sie jagen nach dem Glück und rennen dabei in ihr Verderben. Sie sind die Sklaven ihrer Gier, ihrer Wollust, ihrer Perversionen. Das alles gibt es hier nicht. Wir leben im Kreis der Jahreszeiten, in Einklang mit der Natur.

REINHARD: Ich wohne gern in der Stadt.

BÜRGER: Die Menschen wissen nicht, was gut für sie ist.

Der Doktor hat seine Rede beendet und scheint nicht daran interessiert, das Gespräch weiterzuführen. Emily ist aufgestanden und ans Fenster getreten. Reinhard ahmt mit der hohlen Hand einen Kuckuck nach.

SOPHIE: Oh! Der Kuckuck.

REINHARD: Und der hier.

Reinhard ahmt eine andere Vogelstimme nach.

SOPHIE: Den kenne ich nicht.

REINHARD: Ich weiß selbst nicht, was es ist. Das hat mir mein Großvater beigebracht, als ich ein Kind war.

SOPHIE: Ich will auch! Wie machst du das?

REINHARD: Du mußt den Daumen an den Mund ... Den rechten. So. Jetzt den Nagel küssen und saugen. Die Luft ansaugen. Ja ...

Reinhard macht einen Vogelschrei nach. Sophie ahmt ihn nach.

SOPHIE: Das ist schwierig. Was ist das?

REINHARD: Eine Amsel, glaube ich.

BÜRGER: Der Angstschrei einer jungen Amsel.

SOPHIE: Warum hat sie Angst? Die kleine Amsel.

REINHARD: Sie ... ich weiß nicht.

BÜRGER: Der Räuber hat die Mutter getötet. Und jetzt kommt er zurück, um sich die Jungen zu holen.

SOPHIE: Mach noch einmal den Kuckuck! Das ist mein Lieblingsvogel.

DOROTHEE: Dein Lieblingsvogel ist immer der, der gerade da ist.

SOPHIE: Das ist nicht wahr.

Reinhard macht noch einmal den Kuckuck nach. Emily ist aufgestanden und zu den anderen getreten. Sie spricht wie in Trance.

EMILY: Ich weiß ... ich weiß, was geschehen wird. Ich kann es sehen. Ich sehe uns alle. Wir sitzen im Kreis und machen Vogelstimmen nach. Den Kuckuck. Die Amsel. Und noch einen. Jemand lacht. Und jemand weiß etwas. Und dann ... oh!

Emily schlägt sich die Hände vor das Gesicht.

DOROTHEE: Genug jetzt! Mädchen, geht, wascht euch das Gesicht und die Hände.

EMILY: Es war ... es war wirklich, als könne ich alles sehen, was geschieht.

SOPHIE: Erzähl uns von deinen Flechten, Reinhard. Wie hübsch das klingt: Reinhard.

REINHARD: Interessiert dich das wirklich?

SOPHIE: Natürlich!

REINHARD: Eigentlich sind es zwei Pflanzen, ein Pilz und eine Alge, die zusammenleben in einer Symbiose. Die Pilze schützen die Algen vor Licht und geben Wasser an sie ab, dafür bekommen sie Assimilationsprodukte. Kohlenhydrate. Und Vitamine.

SOPHIE: Sie helfen einander. Wie wir.

REINHARD: Sie unterdrücken sich gegenseitig. Und doch können sie nur miteinander überleben.

EMILY: Wie sympathisch.

REINHARD: Wenn ich eine unbekannte Flechte entdecke, dann benenne ich sie nach dir, Sophie.

SOPHIE: Wirklich? Flechte Sophie? Das klingt hübsch.

REINHARD: Ich zeige dir meine Proben. Ich bin gleich zurück.

SOPHIE: O ja! Bitte.

Reinhard ist aufgestanden. Er verläßt den Raum. Sophie übt immer noch Vogelstimmen. Emily hat sich wieder ans Klavier gesetzt und starrt ins Leere.

BÜRGER: Ich will nicht, daß ihr wildfremde Menschen ins Haus laßt.

SOPHIE: Er ist nicht wildfremd.

DOROTHEE: Es kommt nicht wieder vor.

SOPHIE: Er wird uns helfen. Er kann die Mauer reparieren. Das wolltest du doch immer. Daß die Mauer repariert wird.

BÜRGER: Ein Forscher! Die Neugier ist die Wurzel allen Übels.

SOPHIE: Ich habe ihn gern. Er ist lustig. Und lieb.

BÜRGER: Sophie, mein Mädchen. Für dich sind alle Menschen gut. An das Gute kann nur glauben, wer die Menschen nicht kennt.

SOPHIE: Wir haben ein Kleid gesucht für die Hochzeit. Ein Hochzeitskleid.

BÜRGER: Was willst du denn mit all den Kleidern, Kind.

SOPHIE: Ich will ein Kleid nur aus Blumen.

BÜRGER: Die schönste Blume in meinem Garten bist du, Sophie.

DOROTHEE: An die Arbeit jetzt, Mädchen! Genug geschwatzt.

Dorothee klatscht in die Hände. Alle außer ihr verlassen den Raum. An der Tür treffen sie auf Reinhard, der zurückkommt. In der Hand hält er einige Papierbeutel.

REINHARD: Meine Proben ...

DOROTHEE: Die können Sie uns später zeigen.

BÜRGER: Ich lege mich etwas hin. Es war eine lange Nacht.

SOPHIE: *zu Reinhard* Ich bringe dir das Frühstück.

Dorothee und Reinhard sind allein im Raum. Reinhard legt die Papierbeutel auf den Tisch.

DOROTHEE: Ich erwarte, daß Sie so schnell wie möglich von hier verschwinden.

REINHARD: Ich habe gedacht, daß niemand hier wohnt. Als ich Sophie sah ... es tut mir leid. Ich wußte nicht ... sie war gleich so ... so nett.

DOROTHEE: Nett! Sie hat uns davon erzählt. Von ihren ... Reitübungen.

REINHARD: Es ... das ist mir noch nie passiert. Verzeihen Sie, wenn ich so ... Offenheit gegen Offenheit. Ich habe sie nicht gedrängt. Sie hat mich praktisch ...

DOROTHEE: Hat sie ...?

REINHARD: Überwältigt.

DOROTHEE: Was geschehen ist, ist geschehen. Haben Sie eine Waffe?

REINHARD: Nein! Warum sollte ich ...

DOROTHEE: Haben Sie etwas dagegen, wenn ich mich selbst davon überzeuge? Es treibt sich hier viel Gesindel herum.

Dorothee tastet Reinhard nach Waffen ab. Sie findet ein Taschenmesser.

DOROTHEE: Und was ist das?

REINHARD: Ein Taschenmesser. Das brauche ich für meine Arbeit. Um die Flechten von den Steinen ...

DOROTHEE: Ich bewahre das auf. Sie kriegen es zurück, wenn Sie gehen.

Dorothee schließt das Taschenmesser im Schrank mit dem Gewehr ein.

REINHARD: Ein seltsames Haus. Aber schön. So ...

DOROTHEE: Täuschen Sie sich nicht.

REINHARD: ... so ruhig und friedlich. Diese Stille im Garten.

DOROTHEE: Sie müssen nicht alles glauben, was man Ihnen erzählt.

REINHARD: Die Mauer ... ich kann das richten, wenn Sie wollen.

DOROTHEE: Die Lücke war schon immer da.

REINHARD: Sie ist ja nicht breit. Ein paar Steine ...

DOROTHEE: Wir schaffen das allein.

REINHARD: Das ist schwere Arbeit für eine Frau.

DOROTHEE: Männer bringen nur Unruhe.

REINHARD: Sie haben ... Sie sind alle ... ich meine ... es gibt keine Männer hier?

DOROTHEE: Nur Vater.

REINHARD: Drei so prächtige Frauen ...

DOROTHEE: *spöttisch* Und Sie? So ein prächtiger Mann. Und hat nichts Besseres zu tun, als in fremden Gärten herumzuschnüffeln?

REINHARD: Das ist meine Diplomarbeit.

DOROTHEE: Und wozu ist das gut? Ein Flechteninventar?

REINHARD: Wir sammeln Wissen über die Welt. Das zahlt sich nicht immer gleich aus. Als Kolumbus Amerika entdeckte, wußte er auch nicht, wozu es gut war.

DOROTHEE: Und wozu war es gut?

REINHARD: Es ist der Forschergeist, der uns vorwärts treibt. In die Tiefen der Meere und auf die höchsten Berge. In die unendlichen Räume des Weltalls ... wir suchen den Anfang. Wie alles begonnen hat.

DOROTHEE: Es gibt keinen Anfang.

REINHARD: Wie alles entstanden ist. Der Kohlenstoff in Ihren Zellen – stellen Sie sich das vor –, der ist in roten Riesensternen entstanden. Das Eisen, das Ihr Blut rot macht, stammt aus einer Supernova ... wir sind Sternenkinder. Ist das nicht wunderbar?

DOROTHEE: Mein Blut geht Sie nichts an. Wir verabscheuen neugierige Menschen. Wir mögen es nicht, wenn man uns nachspioniert.

REINHARD: *lacht* Meine Neugier beschränkt sich auf die Beschaffenheit der Welt. Ihr Leben interessiert mich nicht.

DOROTHEE: Und Sophie?

REINHARD: Sie sind auch neugierig.

DOROTHEE: Das ist keine Neugier. Ich bin wie eine Mutter für sie.

REINHARD: Sie sind die Älteste?

DOROTHEE: Ich kümmere mich um alles. Seit unsere Mutter …

REINHARD: Das tut mir leid.

DOROTHEE: Es muß Ihnen nicht leid tun. Es geht Sie nichts an.

REINHARD: Sophie … Sie müssen nicht glauben, daß ich … ich habe Sophie wirklich gern.

DOROTHEE: Das ging ja schnell.

REINHARD: Ich habe ernste Absichten.

DOROTHEE: Schlagen Sie sich das aus dem Kopf.

REINHARD: Das kommt vor. Liebe auf den ersten Blick.

DOROTHEE: Bei Männern, die mit dem Schwanz denken.

REINHARD: Danke.

DOROTHEE: Bitte.

Dorothee verläßt den Raum. Reinhard tritt zur Glastür und schaut hinaus in den Garten. Aus dem Flur ist ein Kuckucksruf zu hören. Der Ruf kommt näher. Dann betritt Sophie den Raum mit einem Tablett. Sie ist etwas fülliger als vorher.

SOPHIE: Kuckuck!

REINHARD: Ach, du bist das.

SOPHIE: Das Frühstück für den Herrn Botaniker. Hast du dich gewaschen? Hinter den Ohren?

REINHARD: *lacht* Schau selber nach.

SOPHIE: Wir legen hier großen Wert auf Sauberkeit.

Sophie stellt das Tablett auf den Tisch. Reinhard setzt sich und fängt an zu essen. Sophie setzt sich ihm gegenüber und schaut ihm zu.

SOPHIE: Nach dem Frühstück zeige ich dir meinen Garten, ja? Magst du Blumen?

REINHARD: Natürlich. Das ist mein Beruf.

SOPHIE: Blumen lieben? Das ist ein schöner Beruf. Was ist deine Lieblingsblume?

REINHARD: Es gibt so viele.
SOPHIE: Nur eine. Die dir am liebsten ist.
REINHARD: Jetzt fällt mir gar keine ein.
SOPHIE: Dir fällt keine einzige Blume ein? Was bist denn du für ein Botaniker?
REINHARD: Keine einzige. Sag ein paar, und ich wähle eine aus.
SOPHIE: Dorothee, Emily oder ...?
REINHARD: Sophie.
SOPHIE: Das ist die richtige Antwort. Dafür kriegst du ...? Einen Kuß.
Sophie küßt ihre Hand und bläst den Kuß über den Tisch.
REINHARD: Du bist keine Blume, du bist mein Vögelchen.
SOPHIE: Nein! Ich bin eine Blume. Das Vergißmeinnicht.
REINHARD: Wie könnte ich dich vergessen?
SOPHIE: Du mußt immer bei mir bleiben.
REINHARD: Immer?
SOPHIE: Versprich, daß du bei mir bleibst.
REINHARD: Wenn ich kann ... Dorothee sagt, sie braucht keine Männer hier.
SOPHIE: Aber ich brauche einen Mann hier. Ich zeige dir den Garten nach dem Frühstück. Habe ich das schon gesagt? Die Gräber und alles.
REINHARD: Welche Gräber?
SOPHIE: Damit sie immer bei uns sind.
REINHARD: Eure Mutter ... Ist es lange her, daß sie ...
SOPHIE: Lang, lang. Ich kann mich gar nicht erinnern. Schon bevor ich zur Welt gekommen bin.
REINHARD: Sie ist bei der Geburt gestorben?
SOPHIE: Nein. Vorher.
Sophie ist aufgesprungen und stellt sich vor Reinhard zur Schau.
SOPHIE: Magst du mein Kleid? Das habe ich extra für dich angezogen.

REINHARD: Das hast du doch gestern schon getragen ...

SOPHIE: Es gibt Sprachen, in denen ist gestern und morgen dasselbe Wort.

REINHARD: ... als wir uns getroffen haben.

SOPHIE: Ich habe gewußt, daß du kommst. Ich habe es geträumt.

REINHARD: Von mir geträumt?

SOPHIE: Du hast etwas anders ausgesehen im Traum. Wie Papa. Aber das macht nichts. So ist es auch recht.

REINHARD: Ich bin keine Enttäuschung?

SOPHIE: Du kannst mir im Garten helfen. Die Schnecken töten. Es sind so viele.

REINHARD: Wir haben nie einen Garten gehabt zu Hause. Vielleicht bin ich deshalb Botaniker geworden. Wir haben immer in der Stadt gewohnt.

SOPHIE: Es ist ganz einfach. Ich zeige es dir. Mit der Heckenschere. Man schneidet sie in der Mitte durch. Das schäumt.

REINHARD: Die Schnecken?

SOPHIE: Da fließt alles raus, die Eingeweide, was da drin ist in den Schnecken. So! Genug gefrühstückt.

Sophie nimmt das Tablett und verläßt den Raum. Wir hören sie »Kuckuck« rufen, und sie kommt wieder herein mit einem frischen Tablett. Reinhard ist eben aufgestanden.

SOPHIE: Kuckuck!

REINHARD: Ach, du ...?

SOPHIE: Das Frühstück für den Herrn Botaniker.

REINHARD: Ich ...

Sophie stellt das Tablett auf den Tisch. Reinhard setzt sich wieder und fängt an zu essen. Sophie setzt sich ihm gegenüber und schaut ihm zu.

SOPHIE: Nach dem Frühstück zeige ich dir meinen Garten, ja?

REINHARD: Gern.

SOPHIE: Was ist deine Lieblingsblume?

REINHARD. Mir fällt keine … Sophie?

SOPHIE: Ich bin doch keine Blume! Ich bin ein Mädchen!

REINHARD: Ein Vögelchen.

SOPHIE: Gefällt dir mein Kleid? Ich habe es extra für dich angezogen.

REINHARD: Ich habe einen seltsamen Traum gehabt. Wir waren im Garten.

SOPHIE: Das war kein Traum.

REINHARD: Es kamen Jäger mit Gewehren. Und dann … ich war ein Reh oder ein Hirsch.

SOPHIE: Was denn nun? Ein Reh oder ein Hirsch? Oder eine Gemse? Oder ein Wisent? Oder ein Elch? Oder ein Mufflon? Oder ein …?

REINHARD: Ein was? Mit einem großen Geweih.

SOPHIE: Also ein Hirsch.

REINHARD: Ich glaube nicht. Vielleicht.

SOPHIE: Und dann?

REINHARD: Ich bin davongerannt. Um den Garten war eine hohe Mauer, ich konnte nicht fliehen.

SOPHIE: Es gibt eine Lücke in der Mauer. Das weißt du doch.

REINHARD: Aber es war ein Traum. Da war keine Lücke. Die Jäger haben mich in die Enge getrieben. Dann hat einer angelegt und gezielt und geschossen. Und ich bin … ich war … im Garten. Der Jäger war eine Frau.

SOPHIE: Das war kein Traum.

REINHARD: Dann wäre ich nicht hier.

SOPHIE: Das ist wahr.

REINHARD: Nicht wahr? Wenn ich im Garten wäre, könnte ich nicht hier beim Frühstück sitzen.

SOPHIE: Und ein Hirsch bist du auch nicht.

REINHARD: Nein. Sonst hätte ich ein Geweih.

SOPHIE: Und das hast du nicht.

REINHARD: Eben.

SOPHIE: Aber einen Schwanz hast du.

Sophie und Reinhard lachen.

SOPHIE: Du kannst mir helfen, die Schnecken zu töten.

REINHARD: Gibt es denn noch ... haben wir nicht ....?

SOPHIE: Es kommen immer neue. In der Nacht kommen sie. Sie kriechen durch die Lücke in der Mauer oder kommen aus dem Gebüsch. Ich weiß es nicht.

REINHARD: Die Schnecken?

SOPHIE: Wir machen ein Feuer und werfen sie hinein. Das ist ein Spaß. Wie das zischt. Komm!

Sophie nimmt das Tablett und verläßt mit Reinhard den Raum. Gleich darauf kommt sie mit einem frischen Tablett herein und stellt es auf den Tisch.

SOPHIE: Kuckuck!

Reinhard kommt herein.

REINHARD: Sophie!

SOPHIE: Setz dich.

Reinhard setzt sich an den Tisch, Sophie stellt das Tablett vor ihm ab und setzt sich auf sein Knie.

REINHARD: Was für ein schönes Kleid du anhast.

SOPHIE: Das habe ich extra für dich angezogen.

REINHARD: Mein Blümchen.

SOPHIE: Wärst du mein Bruder, ich würde dich küssen.

REINHARD: Dann möchte ich dein Bruder sein.

SOPHIE: Pfui! Das will ich nicht.

Sophie steht auf und setzt sich Reinhard gegenüber.

REINHARD: Warum nicht?

SOPHIE: Iß dein Frühstück. Weil ich dich liebe, Dummer.

REINHARD: Ich habe gar keinen Hunger ... mehr. Seltsam. Ich habe das Gefühl ...

SOPHIE: Du mußt essen. Es gibt viel zu tun im Garten.

REINHARD: Die Schnecken.

SOPHIE: Es kommen immer neue. Sie fressen alles auf. Das muß ein warmer Winter gewesen sein.

REINHARD: War es ein warmer Winter?

SOPHIE: War es ein kalter Winter? Ich weiß es nicht mehr. Wir haben um den Ofen gesessen. Das weiß ich noch. Es war schön. Ich zeige dir den Garten, ja? Ich zeige dir die Gräber. Wenn du magst.

REINHARD: Wer ist denn da begraben?

SOPHIE: Alle, die gestorben sind. Du stellst dumme Fragen.

REINHARD: Und ihr habt sie einfach so ... im Garten ...?

SOPHIE: Wenn ich tot bin, werde ich auch da begraben. Ist das nicht schön? Sie sind alle noch da.

REINHARD: Wo ist eigentlich Emily? Und wo ist Dorothee? Und dein Vater? Mir scheint, ich habe sie lange nicht gesehen.

SOPHIE: Alle werden wir hier begraben. Mama, Papa ... Aber wer begräbt den letzten?

REINHARD: Ist das überhaupt erlaubt? Ich meine ... wenn jeder seine Toten ... es gibt Gesetze.

SOPHIE: Man darf nicht warten. Sonst fangen sie an zu stinken. Das geht manchmal schnell. Aber du bleibst hier, versprichst du mir das?

REINHARD: Ich ... warum kommst du nicht mit mir in die Stadt und wohnst bei mir?

SOPHIE: Das geht nicht. Ich muß mich um den Garten kümmern.

REINHARD: Das kann doch auch jemand anders. Emily.

SOPHIE: Die! Nein, du mußt bei mir bleiben. Ich lasse dich nicht fort. Im Sommer wird es warm sein. Dann können wir im Garten feiern.

REINHARD: Was feiern?

SOPHIE: Die Hochzeit. Ich habe schon ein Kleid ausgesucht.

REINHARD: Ich entführe dich.

SOPHIE: Das darfst du nicht.

REINHARD: Ich mache es trotzdem.

SOPHIE: Der letzte muß sich sein Grab selber schaufeln und sich hineinlegen. Wenn der Winter kommt, deckt der Schnee ihn zu.

REINHARD: Aber es ist Frühling, Sophie. Red doch nicht immer von den Toten.

SOPHIE: Nur was stirbt, wird neu geboren.

REINHARD: Wo sind denn die anderen?

SOPHIE: Papa hat sich schlafen gelegt. Heute nacht geht er Krähen jagen. Wenn die Schneeglöckchen blühen, ist die beste Zeit.

REINHARD: Wozu denn Krähen jagen?

SOPHIE: Das sind meine Lieblingsvögel. Kannst du die Krähen nachmachen?

REINHARD: Damit dein Vater mich erschießt?

SOPHIE: Dich behalte ich. Ich dressiere dich. Damit du mir Freude bereitest. Komm in den Garten. Da darfst du mich küssen. Und vielleicht noch mehr. Komm!

Sophie verläßt den Raum, Reinhard folgt ihr. Emily betritt den Raum. Sie schaut sich um, ob jemand da ist. Dann setzt sie sich ans Klavier und beginnt zu spielen.

EMILY: *singt*

Bald, als auf duftendem Bohnenbeet
Die rötlichen Blumen verblühten,
Da wurde dem Mädel so übel und weh;
Da bleichten die rosigen Wangen zu Schnee;
Die funkelnden Augen verglühten.

Und als die Schote nun allgemach
Sich dehnt' in die Breit' und Länge;
Als Erdbeer' und Kirsche sich rötet' und schwoll,

Da wurde dem Mädel das Brüstchen zu voll,
Das seidene Röckchen zu enge.

Und als die Sichel zu Felde ging,
Hub's an sich zu regen und strecken.
Und als der Herbstwind über die Flur
Und über die Stoppeln des Habers fuhr,
Da konnte sie's nicht mehr verstecken.

Dorothee ist hereingekommen und hat gelauscht. Als sie zu sprechen anfängt, erschrickt Emily und hört auf zu singen.

DOROTHEE: Was für grausige Lieder du singst.

EMILY: Es ist immer dasselbe Lied. Du kennst es doch.

DOROTHEE: Ich kenne es nicht!

EMILY: Es hat viele Strophen. Es ist noch nicht zu Ende.

DOROTHEE: Du weichst mir aus.

EMILY: Ich war den ganzen Vormittag hier und habe gespielt.

DOROTHEE: Ach? Dann muß ich dich übersehen haben und überhört.

EMILY: Ich warte.

DOROTHEE: Du kannst lange warten.

EMILY: Wenigstens habe ich etwas, worauf ich warten kann. Du wirst schon sehen.

DOROTHEE: Ich habe meine Erinnerungen. Die kann mir niemand nehmen.

EMILY: Erinnerungen interessieren mich nicht.

DOROTHEE: Die Zukunft ist auch nur ein Tag. Die Arbeit muß gemacht werden.

EMILY: Du wirst alt.

DOROTHEE: Meinst du, du bleibst jung, nur weil du nicht erwachsen wirst? Das Leben ist kein Spaß. Je früher du das lernst …

EMILY: *Dein* Leben ist kein Spaß. Weil du aufgegeben hast.
DOROTHEE: Was verloren ist, ist verloren. Es hilft nichts ...
EMILY: Hör auf mit deinen Geschichten. Die Toten interessieren mich nicht. Mich interessiert der Mann, der im Haus ist.
DOROTHEE: Der will nichts von dir wissen.
EMILY: Du wirst dich wundern.
DOROTHEE: Er liebt Sophie.
EMILY: Hast du ihn gesehen?
DOROTHEE: Sie spazieren zusammen im Garten.
EMILY: Das werde ich ihm abgewöhnen.
DOROTHEE: Laß sie. Sophie soll glücklich sein. Es ist bald genug vorüber.
EMILY: Ich bin die ältere. Ich bin an der Reihe.
DOROTHEE: Das Argument wird ihn bestimmt überzeugen.
EMILY: Ich habe nicht aufgegeben wie du.
DOROTHEE: Aufgegeben! Du bist noch nicht zu Verstand gekommen.
EMILY: Ich werde meinen eigenen Garten haben. Und mit meinem Bräutigam darin spazieren. Mein Geliebter, mein Tag und meine Nacht. Ich kann es sehen.
DOROTHEE: Das sagst du schon seit Jahren ... Finde dich mit deinem Leben ab. Es geht uns doch gut.
EMILY: Gut? Den Toten geht es besser in ihren Gräbern.
DOROTHEE: Geh doch wenigstens einmal in den Garten. Er ist so schön jetzt.
EMILY: *singt*

Seht mir doch mein schönes Kind,
Mit den goldnen Zottellöckchen,
Blauen Augen, roten Bäckchen!
Leutchen, habt ihr auch so eins? –
Leutchen, nein ihr habet keins!

Seht mir doch mein süßes Kind!
Fetter, als ein fettes Schneckchen,
Süßer, als ein Zuckerweckchen!
Leutchen, habt ihr auch so eins? –
Leutchen, nein ihr habet keins!

Dorothee bricht weinend zusammen. Emily nimmt sie in den Arm.

DOROTHEE: Hör auf! Hör auf!

EMILY: Dorothee! Nicht! Versteh doch. Es wird sich alles ändern.

DOROTHEE: Auch die Zukunft wird irgendwann zur Vergangenheit. Am Ende …

EMILY: Aber wir sind noch nicht am Ende. Er wird uns helfen.

DOROTHEE: Uns kann man nicht helfen.

EMILY: Du mußt daran glauben. Bestimmt!

DOROTHEE: Ach, Emily.

Dorothee verläßt den Raum. Emily setzt sich nachdenklich ans Klavier und fängt an zu spielen.

EMILY: *singt*

In des Baumes dichten Rinden,
In der Blumen Kelch versunken,
Schlummern helle Lebensfunken,
Werden bald den Wald entzünden.

In uns selbst sind wir verloren,
Bange Fesseln uns beengen,
Schloß und Riegel muß zersprengen,
Nur im Tode wird geboren.

In der Nächte Finsternissen
Muß der junge Tag ertrinken,

Abend muß herniedersinken,
Soll der Morgen dich begrüßen.

So breche dann, du tote Wand,
Hinab mit allen Binden;
Ein Zweig erblühe meiner Hand,
Den Frieden zu verkünden.
Ich will kein Einzelner mehr sein,
Ich bin der Welt, die Welt ist mein.

Bevor Emily zu Ende gesungen hat, kommt Reinhard herein. Er tritt hinter sie und schaut ihr über die Schulter. Emily hört auf zu singen und dreht sich um. Während der ganzen Szene steht Sophie vor dem Fenster und schaut herein.

REINHARD: Ich bin der Welt, die Welt ist mein ...

EMILY: Das mag ich nicht. Leute, die sich anschleichen.

REINHARD: Verzeihen Sie. Ich habe mich nicht angeschlichen. Ich wollte Sie nicht stören.

EMILY: Stören Sie mich nur. Das stört mich überhaupt nicht.

REINHARD: Sie haben eine schöne Stimme.

EMILY: Wurden wir uns vorgestellt?

REINHARD: Aber ja. Ich ... der Gast. Der Student. Sophie hat mich ...

EMILY: Ich glaube, mich zu erinnern.

REINHARD: Sie kennen viele Lieder.

EMILY: Es ist immer dasselbe. Es hat viele Strophen.

REINHARD: Ich habe gemeint, das Haus sei verlassen. Und dann finde ich Sophie. Und dann Sie alle. Es ist so schön hier. Und Sie spielen Klavier, hier draußen auf dem Land ...

EMILY: Was soll ich denn sonst tun? Kühe melken?

REINHARD: Wie haben Sie das gemeint heute früh. Daß Sie sehen können, was geschehen wird?

EMILY: Wer weiß?

REINHARD: Und was sehen Sie?

EMILY: Ich sehe ... Ich sehe ... nichts.

REINHARD: Der Kuckuck, die Amsel und ...?

EMILY: Der Kuckuck wird mich holen.

REINHARD: Wohin wird er Sie bringen?

EMILY: Wir werden zusammen fliehen.

REINHARD: Der Kuckuck und Sie?

EMILY: Kannst du es denn nicht sehen?

REINHARD: Ich habe das Gefühl, ich bin schon so lange hier. Es ist alles so vertraut und so fremd ...

EMILY: Ich habe auf dich gewartet. Jeden Tag und jede Nacht. Ich habe gewußt, daß du kommen wirst, um mich zu holen. Und jetzt bist du da.

REINHARD: Ich bin hier, ja, aber ... War das ein Traum?

EMILY: Du darfst meine Hand küssen.

Reinhard küßt Emilys Hand.

EMILY: Du darfst mich auf die Wange küssen.

Reinhard küßt Emily auf die Wange. Er zögert, dann küßt er sie auf den Mund.

REINHARD: Das habe ich nicht gewollt.

EMILY: So hat es sich nicht angefühlt.

REINHARD: Ich ...

EMILY: Jetzt gehörst du mir. Mein Sternenkind. Für immer und ewig.

REINHARD: Ich liebe Sophie.

EMILY: Sophie ist ein Kind. Ich kann dich verwöhnen. Ich weiß, wie es geht. Die Künste der Liebe. Ich habe ein Buch.

REINHARD: Wenn ich etwas für Sie tun kann ...?

EMILY: Kommen Sie heute um Mitternacht hierher.

REINHARD: Ich werde nicht mit Ihnen fliehen.

EMILY: Und hüten Sie sich vor Vater.

Emily geht ab. Reinhard bleibt verdutzt stehen. Er drückt einige

Tasten auf dem Klavier. Dorothee kommt herein. Sophie steht immer noch vor dem Fenster und schaut herein.

DOROTHEE: Emily! Oh, Sie? Haben Sie Emily gesehen?

REINHARD: Eben war sie hier. Ich glaube, sie wollte ...

DOROTHEE: Sie schulden mir noch eine Antwort.

REINHARD: Ich habe die Frage vergessen.

DOROTHEE: Ob Sie sie gevögelt haben?

REINHARD: Das habe ich doch schon ... Sie denken an nichts anderes.

DOROTHEE: Männer denken an nichts anderes.

REINHARD: Unsinn!

DOROTHEE: War es ... ? Wie haben Sie es gemacht? Ist sie gekommen?

REINHARD: Dorothee!

DOROTHEE: Erzählen Sie! Alles. Ich bin wie eine Mutter für sie.

REINHARD: Das spielt doch keine Rolle. Ich liebe Sophie!

DOROTHEE: Heute, ja. Und morgen sind Sie über alle Berge.

REINHARD: Es gefällt mir hier. Es ist ein richtiger Paradiesgarten.

DOROTHEE: Das Paradies ist das Reich der Toten. Es gibt nur einen Weg hinein und keinen hinaus.

REINHARD: Wollen Sie mir drohen?

DOROTHEE: Ich will Sie nur warnen. Sophie wird nicht weggehen von hier. Und für Sie ist kein Platz. Noch können Sie gehen. Aber Sie müssen sich beeilen.

REINHARD: Ich bin ein freier Mensch.

DOROTHEE: Was nützt Ihnen die Freiheit, wenn Sie nicht den Verstand haben, das Richtige zu tun?

REINHARD: Und wer sagt Ihnen, daß ich den nicht habe?

DOROTHEE: Weil Sie ein Mann sind.

REINHARD: Sprechen Sie aus Erfahrung?

DOROTHEE: Ich bin nicht blind. Sie haben Emily geküßt.

REINHARD: Ein Kuß wie ein Bruder. Ohne Verlangen und ohne Schuld.

DOROTHEE: So hat es nicht ausgesehen.

REINHARD: Es ist einfach so passiert.

DOROTHEE: Und wenn Sie mich küssen würden?

Stille. Reinhard macht einen Schritt auf Dorothee zu.

DOROTHEE: Wagen Sie es! Was suchen Sie überhaupt hier?

REINHARD: Sophie wollte mir den Garten zeigen.

DOROTHEE: Hat sie das nicht längst getan? Die Blume ist gepflückt ...

REINHARD: Es kommt mir vor, als sei ich schon lange hier.

DOROTHEE: Hier ist kein Platz für Müßiggänger.

REINHARD: Ich mache, was man mir sagt.

DOROTHEE: Machen Sie, was *ich* Ihnen sage.

Dorothee küßt Reinhard auf den Mund. Dann verläßt sie schnell den Raum.

2. *Akt*

Ein verwilderter Garten, fast schon ein Dschungel. Dorothee und Reinhard kriechen aus einem Gebüsch, ordnen ihre Kleider und setzen sich auf eine Bank.

DOROTHEE: So.

REINHARD: So? Was heißt das?

DOROTHEE: Ich hatte ein bißchen Angst.

REINHARD: Vor mir?

DOROTHEE: Davor.

REINHARD: Und du hast wirklich noch nie ...?

DOROTHEE: Ich muß bestimmt noch viel lernen.

REINHARD: Nichts lernen. Du bist ein Naturtalent.

DOROTHEE: Das sagst du nur so.

REINHARD: Nein. Bestimmt.

DOROTHEE: Ich habe es mir anders vorgestellt.

REINHARD: Wie anders?

DOROTHEE: Ich weiß nicht. Etwas, was man tut. Man tut es, und dann ist es vorbei.

REINHARD: Man tut es ...

DOROTHEE: Aber es ist nicht vorbei. Etwas hat sich verändert. Für dich nicht?

REINHARD: Ich weiß nicht.

DOROTHEE: Es war schön. Ich hätte nicht gedacht ... du hast so rauhe Hände ...

REINHARD: Das kommt vom Mauern.

DOROTHEE: ... und eine so feine Haut. Wie ein Baby.

REINHARD: Und du ... du auch.

DOROTHEE: Wirklich?

REINHARD: Ich darf gar nicht daran denken. Komm!

DOROTHEE: Und die Mauer?

REINHARD: Die läuft nicht davon. Komm!

Reinhard ist aufgestanden und zieht Dorothee hoch. Sie verschwinden im Gebüsch. Sophie und Emily kommen auf die Bühne, legen sich neben der Bank ins Gras. Sophie ist schwanger.

EMILY:

Das Kindlein spielt' draußen im Frühlingsschein
Und freut' sich und hatte so viel zu sehen,
Wie die Felder schimmern und die Ströme gehen –
Da sah der Abend durch die Bäume herein,
Der alle die schönen Bilder verwirrt.
Und wie es nun ringsum so stille wird,
Beginnt aus den Tälern ein heimlich Singen,
Als wollt's mit Wehmut die Welt umschlingen,
Die Farben vergehn und die Erde wird blaß.
Voll Staunen fragt's Kindlein:

SOPHIE:

»Ach, was ist das?«

EMILY:

Und legt sich träumend ins säuselnde Gras;
Da rühren die Blumen ihm kühle ans Herz
Und lächelnd fühlt es so süßen Schmerz,
Und die Erde, die Mutter, so schön und bleich,
Küßt das Kindlein und läßt's nicht los,
Zieht es herzinnig in ihren Schoß
Und bettet es drunten gar warm und weich,
Still unter Blumen und Moos. –

SOPHIE:

»Und was weint ihr, Vater und Mutter, um mich?
In einem viel schöneren Garten bin ich,
Der ist so groß und weit und wunderbar,
Viel Blumen stehn dort von Golde klar

Und schöne Kindlein mit Flügeln schwingen
Auf und nieder sich drauf und singen. –
Die kenn ich gar wohl aus der Frühlingszeit,
Wie sie zogen über Berge und Täler weit.
Und mancher mich da aus dem Himmelblau rief,
Wenn ich drunten im Garten schlief. –
Und mitten zwischen den Blumen und Scheinen
Steht das schönste von allen Schweinen,
Ein kleines Ferkel an den Zitzen ...

Sophie lacht wie ein Kind.

EMILY: Nicht! Weiter:

Steht die schönste von allen Frauen,
Ein glänzend Kindlein ...

SOPHIE:

Steht die schönste von allen Frauen,
Ein glänzend Kindlein an ihrer Brust. –
Ich kann nicht sprechen und auch nicht weinen,
Nur singen immer und wieder dann schauen
Still vor großer, seliger Lust.«

EMILY: Ist das nicht wunderwunderschön?

Emily und Sophie träumen im Gras. Dorothee und Reinhard kommen aus dem Gebüsch gekrochen und rücken ihre Kleider zurecht. Sie setzen sich auf die Bank

REINHARD: Dorothee, du bist ... du bist eine Superfrau.

DOROTHEE: Du machst dich über mich lustig.

REINHARD: Nein. Wirklich.

DOROTHEE: Ich habe oft daran gedacht. Wie es sein wird. Aber es ist viel schöner. Man kann es sich nicht vorstellen.

REINHARD: Ich habe gleich gewußt ...

DOROTHEE: Ich auch.

REINHARD: ... daß du gut bist im Bett. Im Gebüsch.

DOROTHEE: Emily hat ein Buch. Darüber. Für junge Eheleute.

REINHARD: Für junge ... das war einmal.

DOROTHEE: Du meinst es schon ernst?

REINHARD: Klar.

Dorothee und Reinhard küssen sich leidenschaftlich.

DOROTHEE: Immer?

REINHARD: Ich weiß nicht. Immer ist lang.

DOROTHEE: Du müßtest längst wieder bei der Arbeit sein.

REINHARD: Am liebsten würde ich immer weitermauern.

DOROTHEE: Damit ...?

REINHARD: Damit wir uns sehen können. Und ...

DOROTHEE: Willst du Kinder?

REINHARD: Ich weiß nicht. Vielleicht.

DOROTHEE: Stell dir vor unser Leben. Wie sie im Garten spielen ...

REINHARD: In welchem Garten?

DOROTHEE: Hier. Im Garten.

REINHARD: Du mußt mit mir kommen. In die Stadt.

DOROTHEE: Ich könnte nicht leben da. Die vielen Menschen. Und die Armut, das Elend ...

REINHARD: Ach was! Die sind selber schuld.

DOROTHEE: Ich sehe es ja. Wenn ich einkaufe.

REINHARD: Aber die Kinos, die Feste, die schönen Leute. Das Leben. Hier, das hält man ja nicht aus. Ja, Papa, nein, Papa ... und diese Blumen überall. Ich komme mir selber bald vor wie eine Blume.

DOROTHEE: Es ist eine heile Welt.

REINHARD: Das ist nicht die Welt. Es ist nur ein Garten.

DOROTHEE: Stell dir vor, wie sie aufwachsen könnten, unsere Kinder. Ohne Schuld und Sünde. Sie wären selig.

REINHARD: Selig sind die Toten.

DOROTHEE: Sprich nicht so!

REINHARD: Wie das wuchert und wächst. Irgendwann könnt ihr euch nicht mehr bewegen. Dann ist alles zugewachsen.

DOROTHEE: Es ist doch schön. Ist es nicht schön? Schau.

REINHARD: Und wenn sie erwachsen sind? Die wissen ja nicht, wo vorne und hinten ist.

DOROTHEE: Wenn die Mauer nicht wäre, hätten wir beide uns nie kennengelernt.

REINHARD: Wenn das Loch nicht wäre in der Mauer.

DOROTHEE: Schau dir Sophie an, Emily. Die waren nie draußen. Sie sind glücklich hier.

REINHARD: Emily möchte raus. Das hat sie mir selbst gesagt.

DOROTHEE: Du hast mit ihr gesprochen?

REINHARD: Keine Angst. Die ist nicht mein Typ.

DOROTHEE: Sie weiß es nicht besser.

REINHARD: Die haut irgendwann ab hier.

DOROTHEE: Ein bißchen Sehnsucht schadet nichts. Sie wird sich damit abfinden. Dann wird sie glücklich sein. Auch Sophie.

REINHARD: Ich habe nur Sehnsucht nach Dingen, die ich auch kriegen kann. Ich habe Sehnsucht nach dir. Komm!

DOROTHEE: Wenn Vater merkt, daß du nicht bei der Arbeit bist ...

REINHARD: Der kommt ja doch nie in den Garten. Der schläft. Komm!

DOROTHEE: Wir müssen vernünftig sein.

REINHARD: Du bist so ... Du riechst so gut. Wenn du nicht kommst, machen wir es gleich hier.

Dorothee und Reinhard verschwinden im Gebüsch.

SOPHIE: Erzähl mir von ihr.

EMILY: Was soll ich erzählen. Ich war ja noch ganz klein.

SOPHIE: Das macht nichts. Erzähl. Wie war sie?

EMILY: Sie war groß. Sehr groß. Ich fliege durch die Luft.

Und ihr Geruch. Sie beugt sich über mein Bett. Ich habe Schmerzen. Sie tröstet mich. Ich höre nicht auf zu weinen. Sie schreien sich an. Ich weiß etwas, aber ich kann es nicht sagen. Er ist anders. Wenn er mich hält, habe ich Angst. Er hämmert mit der Faust an die Tür.

SOPHIE: Wer?

EMILY: Wir verstecken uns. Sie flüstert mir etwas ins Ohr.

SOPHIE: Was?

EMILY: Ich weiß es nicht mehr. Sie hat Angst. Dein Vater ist tot.

SOPHIE: Er ist nicht tot.

EMILY: Es ist eine warme Nacht, der Mond scheint hell. Sie hat mich getragen auf ihren Armen. Ich weiß nicht, woher wir kommen und wohin wir gehen. Es ist eine große Wiese, so groß, wie ich sie noch nie und nie mehr gesehen habe. Es riecht nach Milch und nach Gras und einmal nach Feuer, als wir schon ein Stück weit gegangen sind. Feucht ist das Gras. Warum weiß ich das? Haben wir im Gras gelegen? Dann hören wir die Vögel, und dann wird es hell, sehr hell.

Dr. Bürger ist auf die Bühne gekommen und hat sich auf die Bank gesetzt. Er trägt das Hochzeitskleid, das seine Frau auf dem Bild im Wohnzimmer trägt.

SOPHIE: Wie ist es, wenn man eine Mutter hat?

EMILY: Du hast eine Mutter. Jedes Kind hat eine Mutter.

SOPHIE: Aber ich bin kein Kind.

EMILY: Stell sie dir vor.

Dorothee und Reinhard kommen aus dem Gebüsch gekrochen. Während sie sich fertig anziehen, küssen sie sich.

DOROTHEE: Das ging schnell.

REINHARD: Das ist mir noch nie passiert.

DOROTHEE: Es macht nichts.

REINHARD: Wutsch und raus.

DOROTHEE: Er ist so groß.

REINHARD: Das sagen alle.

DOROTHEE: Hast du mit vielen Frauen …

REINHARD: Ach … man nimmt, was kommt. Ich meine … das war nichts Ernsthaftes. Nicht wie du. Du bist etwas Besonderes.

DOROTHEE: Hast du mich gern?

REINHARD: Klar. Komm doch mit mir. In die Stadt. Die werden staunen.

DOROTHEE: Ich kann nicht fort.

REINHARD: Du bist alt genug.

DOROTHEE: Ich muß auf meine Schwestern aufpassen. Ich habe es meiner Mutter versprochen. Bevor sie gestorben ist.

REINHARD: Dann nehmen wir sie mit. Wir finden eine Arbeit für sie. Ihr könnt leben wie hier. Nur besser.

DOROTHEE: Vater läßt uns nicht gehen.

Dorothee und Reinhard sind in der Nähe der Bank stehengeblieben.

SOPHIE: Erzähl den Anfang. Wie alles angefangen hat.

BÜRGER: Euer Vater war der Arzt unserer Familie. Aber ich kannte ihn nur flüchtig, ich war ja nie krank. Eines Tages hat einer meiner Brüder einen schrecklichen Unfall gehabt. Wir haben geglaubt, daß er es nicht überlebt.

SOPHIE: Und dann habt ihr ihn in Vaters Praxis gebracht …

BÜRGER: Und dann haben wir ihn in die Praxis gebracht. Die Zeit hätte nicht gereicht, ihn ins Krankenhaus zu bringen. Euer Vater war ganz ruhig. Er hat gelächelt und gesagt, ich tue, was ich kann.

SOPHIE: Er hat deinen Bruder wieder gesund gemacht. Das ist meine Lieblingsgeschichte.

BÜRGER: Er hat getan, was er konnte. Mein Bruder hat überlebt. Das war das Wichtigste. Er hat überlebt.

EMILY: Ich möchte Ärztin werden. Ich möchte den Menschen helfen wie Vater.

BÜRGER: Das ist nichts für dich, Emily. Sei froh, daß du hier bist. Es gibt so viele schlechte Menschen da draußen.
EMILY: Was soll ich denn werden?
BÜRGER: Du mußt nichts werden, Emily. Es genügt, was du bist.
SOPHIE: Erzähl, wie es weitergegangen ist.
BÜRGER: Ich war dabei während der Operation. Er wollte mich hinausschicken. Das ist nichts für ein Mädchen, hat er gesagt. Aber ich bin dageblieben. Ich habe gesagt, ich lasse meinen Bruder nicht im Stich.
EMILY: Ich möchte auch einen Bruder.
BÜRGER: Wenn ihr euch nur gern habt und zusammenhaltet, was auch geschieht. Das müßt ihr mir versprechen. Daß ihr euch nie im Stich laßt, egal, was geschieht.
DOROTHEE: Es wird nichts geschehen.
BÜRGER: Das kann man nie wissen, Dorothee. Komm, setz dich zu uns.
DOROTHEE: Es darf nichts geschehen!
BÜRGER: Du bist die Älteste. Du mußt mir versprechen, daß du auf deine Schwestern aufpaßt. Ja? Versprich es mir. Egal, was geschieht.
Dorothee setzt sich neben Dr. Bürger auf die Bank. Sie weint leise. Reinhard bleibt etwas abseits stehen.
DOROTHEE: Ich habe Angst.
BÜRGER: Wovor hast du Angst?
DOROTHEE: Ich weiß es nicht. Vor dem, was geschehen wird. Daß man nicht weiß, was kommt. Ich versuche, mir vorzustellen ... aber es ist alles so dunkel. Die Zukunft.
BÜRGER: Du mußt keine Angst haben, mein Kind. Wenn ihr euch treu bleibt, kann euch nichts geschehen. Hand in Hand. Versprich es mir. Daß du für deine Schwestern sorgst, wenn ich es nicht mehr kann.
DOROTHEE: Ich verspreche es.

SOPHIE: Und dann! Erzähl weiter!

BÜRGER: Er hat uns danach oft besucht. Erst, um nach meinem Bruder zu sehen, dann kam er wegen mir. Wir kamen uns immer näher. Meine Eltern waren nicht begeistert. Er war ja viel älter als ich. Aber er war so ein guter Mensch.

SOPHIE: Und dann hat er dich ...

BÜRGER: Und dann hat er mich gefragt, ob ich seine Frau werden will.

SOPHIE: Und du hast ja gesagt?

BÜRGER: Ja. Ich hatte so ein leichtfertiges Leben geführt vorher, und er war voller Ideale.

EMILY: Hast du ihn denn geliebt, Mama? Hast du ihn geliebt?

BÜRGER: Was sind das für Fragen, Emily!

EMILY: Hast du es jemals bereut? Daß du deine Familie verlassen hast?

BÜRGER: Dann gäbe es euch ja nicht.

EMILY: Du hast es nie bereut? Daß du weggegangen bist von zu Hause?

BÜRGER: *streng* Ich weiß, woran du denkst, Emily. Das ist nicht dasselbe. Ihre Eltern waren reiche, hartherzige Leute. Sie hat sie verlassen, um ein neues Leben zu beginnen. Ein besseres Leben. Sie hat mir geholfen bei meiner Arbeit.

EMILY: Ich könnte Gutes tun als Ärztin. Menschenleben retten.

BÜRGER: Dazu muß man berufen sein.

EMILY: Und wenn ich berufen bin?

BÜRGER: Jeden Tag willst du etwas anderes. Heute willst du Ärztin werden, morgen Politikerin, übermorgen Pilotin, wer weiß, was. Du willst alles werden, nur nichts sein.

EMILY: Das ist nicht wahr!

Emily steht auf und verzieht sich trotzig.

SOPHIE: Ich will nichts werden.

BÜRGER: Du bist ein gutes Kind.

DOROTHEE: Und wenn ... und wenn ein Mann käme. Und ich würde ... wenn ich ihn lieben würde ... der Maurer, er möchte, daß ich mit ihm gehe.

BÜRGER: Es ist kühl geworden. Kommt ins Haus, Kinder.

DOROTHEE: Ich kann doch nicht mein ganzes Leben lang auf sie aufpassen ... Mama! Ich habe doch auch ein Leben. Ein Leben.

Dr. Bürger ist aufgestanden und von der Bühne gegangen. Sophie ist ihm gefolgt, aber am Rand der Bühne stehengeblieben. Sie beobachtet, wie Dorothee zu Reinhard tritt.

DOROTHEE: Ich habe es versprochen. Daß ich mich um sie kümmere. Ich habe es meiner Mutter versprochen. Ich war noch ein Kind.

REINHARD: Die können doch selbst auf sich aufpassen. Die sind alt genug.

DOROTHEE: Ich habe Angst. Warum bleibst du nicht hier? Dann wäre ich sicher.

REINHARD: Und wovon soll ich leben?

DOROTHEE: Wir haben Geld. Ich kann dir Geld geben.

REINHARD: Viel? Nicht nur Taschengeld. Ich möchte ein Auto.

DOROTHEE: Genug. Du müßtest nicht mehr arbeiten.

REINHARD: Ich mache hier aber nicht den Gärtner, klar? Ich bin nicht das Hausmädchen.

DOROTHEE: Du machst, was du willst.

REINHARD: Und das Geld ...

DOROTHEE: Ich überweise es dir auf dein Konto. Jeden Monat einen festen Betrag. Du kannst machen damit, was du willst.

REINHARD: Und du meinst, dein Vater ist einverstanden? Daß ich hier wohne?

DOROTHEE: Sprich mit ihm. Vielleicht ...

REINHARD: Ich kann ja trotzdem mal in die Stadt. Freunde treffen und so.

DOROTHEE: Wir werden glücklich sein. Wie glücklich wir sein werden. Eine große Familie. Wenn Vater tot ist ...

REINHARD: Sprichst du mit ihm?

DOROTHEE: Nein, das geht nicht. Du mußt mit ihm reden. Du mußt es ihm sagen. Daß ... daß wir uns lieben.

Dorothee umarmt Reinhard und geht von der Bühne. Sophie ist aufgestanden und zu Reinhard getreten. Sie hakt sich bei ihm ein. Reinhard wird vom Maurer wieder zum Studenten.

REINHARD: Was für ein seltsamer Ort. Was für ein seltsamer Garten.

SOPHIE: Nichts wächst hier, was mich nicht liebt und von mir nicht geliebt wird.

REINHARD: Wie still die Blumen sind.

SOPHIE: Ich bin immer hier. Geboren und gewachsen.

REINHARD: Ich habe nicht gedacht, daß hier jemand wohnt.

SOPHIE: Du bist nicht der erste. Du bist der letzte. Du hast uns noch gefehlt.

REINHARD: Gefehlt wozu?

SOPHIE: Jeder hat seine Aufgabe. Ich bestimme über den Garten, Dorothee über das Haus und Emily ...

REINHARD: Das weiß ich doch, Sophiechen.

SOPHIE: ... und Emily ist unsere Sehnsucht.

REINHARD: Und du hast keine Sehnsucht?

SOPHIE: Nein. Wonach denn?

REINHARD: Wegzugehen, Menschen kennenzulernen, die Welt zu sehen.

SOPHIE: Schau, meine Päonien! Meine Lieblingsblumen. Hast du jemals schönere gesehen?

REINHARD: Nein. Aber ...

SOPHIE: Wenn es doch nirgends schöner ist als hier, warum soll ich weggehen?

REINHARD: Die Welt ist so groß und schön und voller Wunder. Bist du denn nicht neugierig, wie es in anderen Ländern aussieht?

SOPHIE: Nein.

REINHARD: Langweilt dich das nicht? Hier, wo sich nichts verändert, wo immer alles gleich ist?

SOPHIE: Es ist immer alles gleich, aber das Gleiche ist immer anders. Es verändert sich. Jetzt blühen die Päonien. Und bald sind die Kirschen reif, dann die Äpfel und dann der Wein. Ist er süß, ist er sauer?

REINHARD: Du bist immer süß.

Sophie küßt Reinhard.

SOPHIE: Erzähl mir etwas. Du weißt so viel. Wie alles angefangen hat. Von den Sternen, und warum unser Blut so rot ist.

REINHARD: Das habe ich Dorothee erzählt. Hast du gelauscht?

SOPHIE: Es ist mir eben eingefallen.

REINHARD: Am Anfang war der Urknall. Interessiert dich das wirklich?

SOPHIE: Natürlich. Ich vergesse es ja doch gleich wieder.

REINHARD: Es war kein richtiger Knall. Man hätte nichts hören können. Weil der Knall überall war und alles. Dann war es lange dunkel. Die Materie war verteilt im Raum wie Staub in der Luft. Aber der Staub hat sich gesammelt.

SOPHIE: Das sind wir. Der Staub.

REINHARD: Das sind die Sterne und die Planeten und später, viel später wir. Wir sind Teil einer Explosion, die noch nicht zu Ende ist. Wir entfernen uns voneinander mit rasender Geschwindigkeit. Für Sekunden können wir uns aneinanderklammern. Dann reißt es uns auseinander.

SOPHIE: Das ist eine traurige Geschichte.

REINHARD: Das ist keine Geschichte. Das ist wissenschaftlich erwiesen.

SOPHIE: Glaubst du nicht daran, daß der liebe Gott alles geschaffen hat?

REINHARD: Nein.

SOPHIE: Und daß Jesus wiederkommen wird?

REINHARD: Nein.

SOPHIE: Er wird in den Garten kommen. Wie du. Er ist ja aus dem Grab gestiegen. Und er wird unsere Gräber öffnen, und alle werden auferstehen, die an ihn geglaubt haben. Willst du die Gräber sehen?

REINHARD: Vielleicht später. Ich muß jetzt die Mauer reparieren. Sonst wird dein Vater böse.

SOPHIE: Ich habe die Schnecken getötet. Ich habe sie in Bier ertränkt. Magst du Bier?

REINHARD: Ich möchte nicht darin ertrinken.

SOPHIE: Vielleicht finden wir noch ein paar Schnecken. Wir können sie ...

REINHARD: Immer willst du Schnecken töten.

SOPHIE: Immer willst du Schnecken töten.

REINHARD: Nicht ich. Du.

SOPHIE: Nicht ich. Du.

REINHARD: Ich werde jetzt die Lücke in der Mauer flicken. Damit ...

SOPHIE: Ich werde jetzt die Lücke in der Mauer flicken. Damit?

REINHARD: Damit ihr sicher seid.

SOPHIE: Damit ihr sicher seid.

REINHARD: Sophie!

SOPHIE: Sophie!

REINHARD: Hör auf!

SOPHIE: Hör auf!

Reinhard gibt Sophie eine zärtliche Ohrfeige. Dann küßt er sie, und sie küßt ihn.

SOPHIE: Welche von uns küßt am besten?

REINHARD: Wie meinst du das?

SOPHIE: Welche am besten küßt? Dorothee, Emily oder ich?

REINHARD: Du hast …

SOPHIE: Ich habe durch's Fenster geschaut. Sag? Wer?

REINHARD: Ich wollte nicht … sie haben mich … für einen anderen gehalten. Ich war mir selbst nicht sicher.

SOPHIE: Du *bist* ein anderer. *Mein* anderer.

REINHARD: Was für ein anderer?

SOPHIE: Anders als wir. Hast du mit vielen Frauen gevögelt?

REINHARD: Sophie! Dieses Wort …

SOPHIE: Emily hat noch nie gevögelt. Sie sagt, das sei widerlich. Aber das ist nicht wahr. Dorothee hat mit dem Maurer gevögelt, der hier war. Der sollte die Mauer reparieren. Aber dann hat er einen Unfall gehabt. Mit wie vielen Frauen hast du gevögelt?

REINHARD: Was für Fragen du stellst.

SOPHIE: Es macht mir nichts aus. Jetzt gehörst du ja mir.

REINHARD: Trotzdem.

SOPHIE: Was ist besser: einen Bräutigam zu haben und ihn wieder zu verlieren oder gar nie einen gehabt zu haben?

REINHARD: Einen zu haben und ihn nicht zu verlieren.

SOPHIE: Das ist die richtige Antwort. Dafür kriegst du einen Kuß.

REINHARD: Noch einen Kuß!

Sophie und Reinhard küssen sich.

SOPHIE: Es gibt viele Wege in diesem Garten. Man verliert sich so leicht.

REINHARD: Wir werden uns bestimmt nicht verlieren.

SOPHIE: Wenn wir tot sind, werden wir nebeneinander liegen.

REINHARD: Was für Sachen du sagst.

SOPHIE: Gib mir einen Kuß.

Sie küssen sich noch einmal.

SOPHIE: Ich glaube, ich muß jetzt die Kirschen pflücken. Habe ich das schon gesagt?

REINHARD: Nein.

SOPHIE: Dann muß es wahr sein. Bis bald, mein Kuckuck.

REINHARD: Bis sehr bald, meine Blume.

Reinhard geht ab. Sophie bleibt verträumt stehen. Wir hören noch ein paarmal den Ruf des Kuckucks, den Reinhard nachmacht. Dorothee und Reinhard kriechen aus dem Gebüsch und rücken ihre Kleider zurecht.

DOROTHEE: Das ging schnell.

REINHARD: Das ist mir noch nie passiert.

DOROTHEE: Es macht nichts.

REINHARD: Wutsch und raus.

DOROTHEE: Er ist so groß.

REINHARD: Das sagen alle.

DOROTHEE: Hast du mit vielen Frauen …

REINHARD: Ach … man nimmt, was kommt. Das war nichts Ernsthaftes. Nicht wie du. Du bist etwas Besonderes.

DOROTHEE: Hast du mich gern?

REINHARD: Klar. Sag …

DOROTHEE: Ja?

REINHARD: Ich bin etwas knapp bei Kasse. Kannst du mir aushelfen?

DOROTHEE: Geld? Du willst Geld?

REINHARD: Der muß ganz schön Geld haben, dein Vater. Du machst doch die Buchhaltung. Das mußt du doch wissen.

DOROTHEE: Ich muß erst zur Bank. Ich habe nicht viel hier.

REINHARD: Dann komm mit mir in die Stadt. Wir holen das Geld und machen uns eine lustige …

DOROTHEE: Still! Hast du das gehört?

REINHARD: Das war nur der Wind.

DOROTHEE: Hier gibt es keinen Wind.

REINHARD: Dein Vater?

DOROTHEE: Sophie.

Reinhard geht ab. Dorothee tritt zu Sophie.

DOROTHEE: Was machst du hier?

SOPHIE: Was machst du hier?

DOROTHEE: Hast du mit jemandem gesprochen?

SOPHIE: Hast du mit jemandem gesprochen?

DOROTHEE: War das der Student?

SOPHIE: War das der Maurer?

DOROTHEE: Laß das!

SOPHIE: Laß das!

DOROTHEE: Hör sofort auf!

SOPHIE: Hör sofort ...

Dorothee schlägt Sophie mit der Hand ins Gesicht. Schweigen.

DOROTHEE: Du hast mit ihm gesprochen, nicht wahr?

Sophie schweigt.

DOROTHEE: Mein kleines Mädchen. Vertrau mir. Natürlich gehört er dir. Es ist nur ...

SOPHIE: Er ist ein freier Mensch.

DOROTHEE: Dummkopf! Männer sind keine freien Menschen.

SOPHIE: Ich würde ihn schon wollen ...

DOROTHEE: Darüber wollte ich mit dir reden. Du bist noch so jung und unerfahren.

SOPHIE: Ich habe keine Angst vor den Männern.

DOROTHEE: Das ist es ja, was mir Sorgen macht. Eine Frau kann auch ohne einen Mann glücklich sein, weißt du. Deine Blumen, dein Garten, die Arbeit, das alles ist Glück.

SOPHIE: Er ist mein Kirschbaum.

DOROTHEE: ... die Tage, die vergehen, die langen Tage. Die Pflichten und die Verantwortung. Die Dinge zu pflegen, zu ordnen, das Gute vom Schlechten zu trennen. Ein Stück

Welt, für das du verantwortlich bist. Das ist mehr wert als ein schneller Kuß.

SOPHIE: Und wenn er bei mir bleibt?

DOROTHEE: Männer bleiben nicht. Glaub mir. Du hast es ja gesehen. Wäre er nie gekommen …

SOPHIE: Warst du denn nicht glücklich?

DOROTHEE: Jetzt bin ich glücklich. Die Erinnerung an ihn kann mir niemand nehmen. Du wirst dich an ihn erinnern, und in deiner Erinnerung wird er immer schöner werden.

SOPHIE: Aber ich vergesse doch immer alles.

DOROTHEE: Um so besser.

SOPHIE: Ich will ihn nicht hergeben.

DOROTHEE: Schnell verliebt und schnell davon. So sind die Männer. Sie haben keine Wurzeln wie wir. Laß ihn gehen.

SOPHIE: Ich pflanze ihn in die Erde. Dann schlägt er Wurzeln und muß für immer bei mir bleiben.

DOROTHEE: Alle Nächte sind eine Nacht. Ein kleiner Tod, und wenn man erwacht, ist es vorbei. Man kann sich noch so sehr aneinander klammern. Aber die Vergangenheit, die wir teilen, die Erinnerung, die bleibt. Die hält. Weißt du, was ich meine?

SOPHIE: Ich will ein Kind von ihm. Eins, zwei, drei. Wie wir. Drei Schwestern, die sich gern haben. Wäre das nicht schön?

DOROTHEE: Wir *haben* uns doch gern.

SOPHIE: Ich kriege ja schon eins. Sieh doch! Wie es wächst.

DOROTHEE: Sophie! Meine liebste Sophie! Keiner ist schuld. Es ist ja nichts geschehen. Das war der Traum einer Nacht. Nur ein böser Traum. Die Frucht fällt auf die Erde, und ehe du dich's versiehst, ist sie selber zu Erde geworden.

SOPHIE: Wir haben im Kirschgarten gevögelt. Das war schön.

Aus dem Gebüsch ist ein Zischen zu hören. Reinhard schaut heraus und winkt Dorothee.

DOROTHEE: Ich muß jetzt gehen. Komm nicht zu spät zum Abendessen. Vater muß auf die Jagd heute nacht.

Dorothee kriecht ins Gebüsch. Sophie macht den Kuckuck nach. Aus der Ferne antwortet Reinhard. Emily tritt auf.

EMILY: War das die Nachtigall?

SOPHIE: Das war der Kuckuck.

EMILY: Der seine Eier in fremde Nester legt?

SOPHIE: Mein Kuckuck ist ein Mann. Der legt keine Eier.

EMILY: Aber Eier hat er?

SOPHIE: Das kannst du zweimal sagen. Und einen langen Schwanz.

EMILY: Dein Kuckuck kommt mir sehr bekannt vor. Er erinnert mich frappant an einen anderen Kuckuck.

SOPHIE: Das glaube ich nicht.

EMILY: Du mußt es nicht glauben. Ich weiß es, das genügt. Ich habe von ihm geträumt. Er hat mir Vogelstimmen beigebracht.

SOPHIE: *Mir* hat er sie beigebracht!

EMILY: Du weißt nicht, was das heißt, einen Mann lieben. Es ist etwas im Innern, woran man ihn erkennt. Wie wenn zwei Flöten miteinander erklingen und ein dritter Ton entsteht, eine Schwingung. Das hören nur die Liebenden.

SOPHIE: Und wenn ich es doch weiß?

EMILY: So bildest du es dir ein.

SOPHIE: Er liebt mich.

EMILY: Hat er das gesagt?

SOPHIE: Ja. Bestimmt.

EMILY: Da mußt du dich verhört haben.

SOPHIE: Er hat mich geküßt. Und ...

EMILY: Mich hat er auch geküßt.

SOPHIE: Aber nicht richtig. Wir haben gevögelt.

EMILY: *böse* Der gehört mir. Ich bin älter als du. Ich bin an der Reihe.

SOPHIE: Aber mit mir hat er gevögelt.

EMILY: Ich muß nur pfeifen, und er liegt mir zu Füßen.

SOPHIE: Du hast überhaupt noch nie gevögelt.

EMILY: Ich lasse mich doch nicht von jedem räudigen Hund bespringen.

SOPHIE: Er ist kein Hund. Er ist ein freier Mensch.

EMILY: Es gibt keine freien Menschen. Nicht hier.

SOPHIE: Du bist häßlich!

EMILY: Und du bist eine Nutte!

Sophie geht wütend ab. Emily setzt sich auf die Bank. Dorothee und Reinhard kriechen aus dem Gebüsch und ordnen ihre Kleider.

REINHARD: Das muß ein tolles Buch sein.

DOROTHEE: Da ist alles drin. Die verschiedenen Stellungen ...

REINHARD: Mit Bildern?

DOROTHEE: ... und die Geschlechtskrankheiten. Zeichnungen.

REINHARD: Ich habe nicht gedacht, daß ich hier zum Vögeln komme.

DOROTHEE: Und wenn ich schwanger werde?

REINHARD: Man muß ja nicht gleich ans Schlimmste denken.

DOROTHEE: Ich habe Geld. Wir haben Geld.

REINHARD: Viel? Ich meine ... viel?

DOROTHEE: Genug. Du müßtest nicht mehr arbeiten.

REINHARD: Dann komm mit mir in die Stadt. Wir machen uns eine schöne Zeit, und ...

DOROTHEE: Still! Hast du das gehört?

REINHARD: Das war nur der Wind.

DOROTHEE: Hier gibt es keinen Wind.

REINHARD: Dein Vater?

DOROTHEE: Emily. Komm!

Dorothee und Reinhard verlassen die Bühne. Aus der Ferne ist der

Kuckuck zu hören. Er kommt näher. Emily ist aufgestanden. Sie ist erregt.

EMILY:

So breche dann, du tote Wand,
Hinab mit allen Binden;
Ein Zweig erblühe meiner Hand,
Den Frieden zu verkünden.
Ich will kein Einzelner mehr sein,
Ich bin der Welt, die Welt ist mein.

Reinhard tritt auf.

REINHARD: Kuckuck?

EMILY: Kuckuck!

REINHARD: Ach, Sie …

EMILY: Ich wollte Sie holen. Das Abendessen ist bereit. Was haben Sie gemacht?

REINHARD: Das Loch ist größer, als ich dachte. Das wird dauern.

EMILY: Sie müssen sich nicht beeilen. Die Arbeit zählt, nicht das Resultat.

REINHARD: So spricht eine Künstlerin. Aber ich bin ein Maurer.

EMILY: Ich habe gemeint, Sie sind Student?

REINHARD: Student und Maurer. Was gerade gebraucht wird.

EMILY: Dann können Sie auch der Klavierlehrer sein.

REINHARD: Erzählen Sie mir von ihm.

EMILY: Stell es dir vor. Du bist der Klavierlehrer. Du hast mir alles beigebracht. Du sitzt neben mir. Nur unsere Hände berühren sich und unsere Seelen. Du singst die schönsten Lieder, die du für mich geschrieben hast. Die Musik trägt uns weit weg in ein anderes Land. Unsere Liebe ist so groß und schön und rein …

REINHARD: Ich kann nicht Klavier spielen.

EMILY: Dann bringe ich es dir bei. Wir müssen nur weg von hier. Fort!

REINHARD: Wohin?

EMILY: In ein anderes Land. Wo wir uns lieben können.

Emily küßt Reinhard auf den Mund. Dorothee ist auf die Bühne gekommen und beobachtet und belauscht die beiden.

EMILY: Vergiß Sophie.

REINHARD: Ich liebe sie.

Emily gibt Reinhard eine Ohrfeige.

REINHARD: Du bist wie eine Wolke, jeden Moment bist du anders.

EMILY: Hör mir zu. Hör mir gut zu und merke es dir. Wir sind zwei Stimmen eines Liedes. Ich bin die Melodie, und du bist meine Begleitung. Du trägst mich und lockst mich und hebst mich empor. Du bist mein Haus und mein Diener und mein Geliebter. Du wirst mich auf dem Klavier begleiten. Und alle werden uns lieben und bewundern und uns zu Füßen liegen.

REINHARD: Ich kann ja noch nicht einmal Klavier spielen.

EMILY: Alles ist möglich. Man muß nur fest genug daran glauben.

REINHARD: In der Phantasie ist alles möglich. Aber in der Wirklichkeit …

EMILY: Was kümmert dich die Wirklichkeit. Meine Phantasie reicht für uns beide. Wir werden glücklich sein. Um Mitternacht. Vergiß nicht. Um Mitternacht im Salon.

REINHARD: Ich kann dir nicht helfen.

EMILY: Geh jetzt. Wenn er uns zusammen sieht, ist alles verloren.

Emily schiebt Reinhard weg. Er geht ab. Dorothee tritt zu Emily.

DOROTHEE: Mach dich nicht unglücklich, Emily.

EMILY: Ich bin nicht unglücklich. Ich bin glücklich.

DOROTHEE: Es ist das Schwere, woran wir wachsen.

EMILY: Ich will nicht wachsen. Ich will fort von hier. Du doch auch. Gib es zu.

DOROTHEE: Ich habe ein Versprechen abgegeben.

EMILY: Mama? Du erinnerst dich doch selbst kaum an sie. Wie alt warst du? Sechs?

DOROTHEE: Ich habe es versprochen.

EMILY: Um mich brauchst du dich nicht zu kümmern. Und Sophie braucht sowieso niemanden. Sie hat ja Vater.

DOROTHEE: Sie hat Reinhard.

EMILY: Das werden wir sehen.

3. Akt

Wir sind im Salon. Dr. Bürger sitzt in einem Sessel und scheint nachzudenken. Reinhard betritt den Raum und bleibt unschlüssig stehen. Er erschrickt, als der Doktor ihn anspricht.

BÜRGER: Sie sind noch nicht fertig?

REINHARD: Die Lücke ist größer, als ich dachte.

BÜRGER: Es gibt Steine genug.

REINHARD: Steine ja. Aber ich brauche mehr Zeit.

BÜRGER: Was suchen Sie hier eigentlich?

REINHARD: Flechten. Ich habe Flechten gesucht. Ihr Garten ist ein Paradies für einen Flechtenforscher.

BÜRGER: Ich sehe mehr, als Sie denken. Ich habe die Proben gesehen, die Sie genommen haben.

Reinhard zeigt dem Doktor seine Proben.

REINHARD: Sind sie nicht wunderschön? Ich habe ganz Erstaunliches gefunden. Eine *Letharia vulpina*, eine seltene Art, die nur auf Kiefernstümpfen wächst. Und die ganze Mauer ist voll von *Saxicolae.* Steinflechten.

BÜRGER: Sie töten sie mit Ihrer Neugier. Listen, Inventare, Sie zählen auf, was da ist, Sie verteilen unsinnige Namen. Und wozu?

REINHARD: Wir versuchen zu verstehen, wie alles zusammenhängt. Die Rätsel des Lebens.

BÜRGER: Ich sage Ihnen, was das Rätsel des Lebens ist: das Leben selbst.

REINHARD: Das verstehe ich nicht.

BÜRGER: Bringen Sie die Proben dahin zurück, wo Sie sie herhaben. Das ist die Antwort auf Ihre Frage.

REINHARD: Die Flechten?
BÜRGER: Was würden Sie denn damit anfangen? Sie zerstükkeln, zu Pulver zerreiben, mit Säure übergießen. Und wozu?
REINHARD: Ich bin nur ein Student.
BÜRGER: Sie sind einer von vielen. Es ist ein Kampf gegen die Zeit, den Zerfall, den Tod. Die Zeit heilt keine Wunden. Die Zeit ist die Wunde.
REINHARD: Ich bringe die Flechten natürlich ... ich wollte nicht ...
BÜRGER: Das Tote verstehen Sie, aber nicht das Leben.
REINHARD: Es verändert unseren Blick auf die Welt. Das Wissen. Nur was wir kennen, sehen wir.
BÜRGER: Sie sagen, Sie suchen nach dem Rätsel des Lebens. In Wirklichkeit suchen Sie nach dem Grund des Todes. Die Angst vor dem Tod ist die Wurzel aller Wissenschaft. Ich weiß, wovon ich spreche. Ich war Arzt und habe geglaubt, daß ich den Menschen helfe, wenn ich ihr Leben um ein paar Monate, ein paar Jahre verlängere. Ich habe den Tod gehaßt, ich habe gegen ihn gekämpft mit aller Kraft. Aber was ist ein Jahr, was sind fünf Jahre. Wir müssen nicht Zeit gewinnen. Wir müssen die Zeit überwinden.
REINHARD: Ich glaube nicht an das ewige Leben.
BÜRGER: Sie glauben an den Urknall, an den Anfang und das Ende. Was für ein Unsinn! Die Schöpfung beginnt jeden Moment neu. Ob eine Sonne geboren wird oder ein Kind, es ist dasselbe. Geboren werden oder sterben, was macht es für einen Unterschied. Wir betreten einen Raum und verlassen ihn wieder. Was klammern Sie sich an diesen Körper, der nichts ist als ein Stück Dreck. Sie vergeuden Ihre Zeit.
REINHARD: Ich glaube an die Entwicklung des Menschen. Ich glaube daran, daß wir die Welt verändern, daß wir etwas aufbauen von Generation zu Generation. Ja, ich habe Angst vor dem Tod. Ohne diese Angst würde ich nicht leben.

BÜRGER: Vergessen Sie die Fragen und die Antworten. Vergessen Sie die Zeit. Das Leben dauert drei Sekunden. Der Tod ist eine Illusion. Haben Sie gesehen, wie Sophie durch den Garten geht? Die Pflanzen neigen sich ihr zu, sie verneigen sich vor ihr. Sie ist eine von ihnen. Ihre Königin.

REINHARD: Sophie bekommt ein Kind. Mein Kind. Ich liebe sie, und ich möchte Sie um ihre Hand bitten.

BÜRGER: Ein Kind oder ein Stern. Es ist einerlei. Sie werden uns verlassen und werden uns vergessen, und wir werden Sie vergessen.

REINHARD: Und das Kind?

BÜRGER: Sie sind nicht der erste Mann, der versucht, die Ordnung zu stören. Die Wunde wird verheilen.

REINHARD: Dorothees Bräutigam? Der Maurer?

BÜRGER: Ich weiß nicht, was Dorothee Ihnen erzählt hat. Und Emily mit ihren Phantasien ... Aber sie wollen nicht weg von hier. Sie wollen nicht, daß sich etwas verändert. Niemand von uns will das.

Emily ist hereingekommen und hat sich ans Klavier gesetzt. Während sie singt, beginnt Sophie, den Tisch zu decken. Ihre Schwangerschaft ist nun gut sichtbar. Kurz darauf kommt auch Dorothee herein.

EMILY: *singt*

Es ist, als müßtest leise
Du klopfen an die Tür,
Du hättst dich nur verirret,
Und kämst nun müd zurück.

Wir armen, armen Toren!
Wir irren ja im Graus
Des Dunkels noch verloren –
Du fandst dich längst nach Haus.

Dort ist so tiefer Schatten,
Du schläfst in guter Ruh,
Es deckt mit grünen Matten
Der liebe Gott dich zu.

DOROTHEE: Hör auf! Ich kann es nicht mehr hören!

EMILY: *singt*

Die alten Weiden neigen
Sich auf dein Bett herein,
Die Vöglein in den Zweigen
Sie singen treu dich ein.

Und wie in goldnen Träumen
Geht linder Frühlingswind
Rings in den stillen Bäumen –
Schlaf wohl, mein süßes Kind!

Dorothee ist zum Klavier getreten und hat den Deckel zugeschlagen. Emily und Dorothee starren sich an. Sophie tut, als habe sie nichts bemerkt. Sie schiebt Reinhard zur Tür hinaus.

SOPHIE: Geh und wasch dir die Hände.

BÜRGER: Ich will, daß er verschwindet.

DOROTHEE: Das wollen wir alle.

BÜRGER: *zu Sophie* Was hast du den ganzen Tag gemacht, meine Liebste?

SOPHIE: Ich war im Garten.

BÜRGER: Sind die Kirschen schon reif?

SOPHIE: Aber Papa! Die sind doch längst gegessen.

BÜRGER: Habe ich so lange geschlafen? Wie spät ist es denn?

SOPHIE: Es ist Abend, Papa.

BÜRGER: Es war mir, als habe ich nur eine Stunde geschlafen.

DOROTHEE: Wenn du wieder die ganze Nacht unterwegs bist … *ruft* Zu Tisch!

BÜRGER: Ist es denn schon wieder Zeit für die Jagd?

DOROTHEE: Die Brunst ist vorbei.

Die drei Schwestern haben sich an den Tisch gesetzt und warten auf die Männer. Reinhard kommt herein. Er und Dr. Bürger setzen sich an den Tisch. Alle außer Sophie schöpfen sich die Teller voll und fangen an zu essen. Schweigen.

REINHARD: Seit wann leben Sie hier? Der Garten scheint sehr alt zu sein.

BÜRGER: Ich habe das Haus für meine Frau gebaut. Es ist so alt wie Dorothee.

EMILY: Sechsunddreißig.

DOROTHEE: Sei still!

SOPHIE: Erzähl, Papa! Wie wir zur Welt gekommen sind. Wie wir Kinder waren. Ich kann mich gar nicht mehr erinnern.

BÜRGER: Es ging so schnell. Ehe ich mich versah, wart ihr groß. Drei Frauen, eine schöner als die andere. Was würde ich ohne euch machen.

EMILY: Ich habe den Kuckuck gehört.

DOROTHEE: Ich auch. Den ganzen Nachmittag über. Es ist lange her, seit ich ihn gehört habe.

SOPHIE: Ich höre ihn alle Tage. Warum auch nicht? Was soll er denn sonst tun, als rufen?

EMILY: Paß nur auf, daß er dir kein Ei ins Nest legt.

SOPHIE: Besser ein Ei im Nest als gar keinen Mann.

DOROTHEE: Sophie!

SOPHIE: Ich habe ein Gedicht gemacht. Wollt ihr es hören?

BÜRGER: Jetzt fängst du auch noch damit an.

DOROTHEE: Nicht beim Essen.

SOPHIE:

Vergangen sei vergangen,
Und Zukunft ewig fern;

In Gegenwart gefangen
Verweilt die Liebe gern.

DOROTHEE: Sophie! Am Tisch werden keine Gedichte rezitiert.

BÜRGER: Streitet nicht, Mädchen. Ihr habt euch doch immer so gut vertragen. Ein Herz und eine Seele.

DOROTHEE: Das sind wir auch. Nicht wahr, Emily? Sophie?

BÜRGER: Fährst du morgen in die Stadt, Dorothee? Ich brauche Munition.

DOROTHEE: Morgen ist Sonntag.

BÜRGER: Schon Sonntag?

SOPHIE: Du mußt mir ein Hochzeitskleid kaufen, wenn du in die Stadt fährst.

DOROTHEE: Du hast doch Kleider genug.

SOPHIE: Ein Hochzeitskleid. Für meine Hochzeit.

BÜRGER: Das eilt nicht, Sophie. Eßt jetzt, Kinder. Seid froh, daß wir genug zu essen haben.

REINHARD: Ich kann Sie fahren, Dorothee. Und du kommst mit, Sophie. Ich zeige dir die Stadt.

Schweigen.

DOROTHEE: Ich glaube nicht …

BÜRGER: Ich will euch eine Geschichte erzählen.

SOPHIE: O ja!

BÜRGER: Eine junge Frau wird verletzt. Ein Unfall. Erst denkt man, sie stirbt. Aber sie stirbt nicht. Nach vielen Monaten macht sie eines Tages die Augen auf. Sie kann sich nicht bewegen und kann nicht sprechen. Sie kann sich nicht bemerkbar machen. Sie ist eingeschlossen in ihrem Körper, aber sie ist wach. Wir wissen nicht, was in ihrem Kopf vorgeht.

REINHARD: Eine Ihrer Patientinnen?

BÜRGER: Ein Beispiel.

SOPHIE: Das weiß man nie. Was im Kopf der Leute vorgeht.

EMILY: In deinem dreht sich alles im Kreis.

BÜRGER: Sie lebt. Und wenn man ganz genau hinschaut, sieht man, daß sie lächelt.

EMILY: Lieber wäre ich tot.

BÜRGER: Schweig, Emily! Was ich sagen will: Vielleicht ist es das reinste Glück. Ganz in sich zu versinken. Nur mit sich zu sein. Die Zeit steht still. Es ist wie ein einziger langer Tag. Nichts Böses durchdringt die Mauer dieses Schweigens. Man braucht nichts, und man will nichts. Wie eine Pflanze, werdet ihr sagen. Ja, wie eine Pflanze. Aber wer sagt uns, daß die Pflanzen nicht glücklich sind? Sie wissen nicht, daß sie sterblich sind. Sie sind Gottes erste Geschöpfe. Und er liebt sie mehr als alle anderen.

EMILY: Das ist schrecklich!

BÜRGER: Ich habe es doch gesagt: Sie lächelt!

SOPHIE: Wenn sie aufwachen würde. Wie seltsam das sein muß.

DOROTHEE: Eine junge Frau im Körper einer alten ...

EMILY: Genau das Gegenteil von dir.

BÜRGER: Vielleicht stirbt sie so aus der Dunkelheit heraus. Wer sagt uns, daß es ihr jetzt nicht viel besser geht.

SOPHIE: Manchmal habe ich das Gefühl, daß die Zeit nicht vergeht. Als seien wir alle schon gestorben und lebten im Paradies.

DOROTHEE: Wenn du arbeiten würdest, statt im Garten zu spazieren, würde dir die Zeit nicht lang.

SOPHIE: Sie ist mir nicht lang. Das meine ich nicht. Es ist nur, daß ich immer gleich alles vergesse. Und dann ist es mir, als gebe es kein Vorher und kein Nachher.

DOROTHEE: Sophie, du kannst jetzt abräumen. Emily, sing uns etwas vor.

Sophie räumt den Tisch ab. Dorothee verläßt den Raum. Emily setzt sich ans Klavier und spielt. Bürger und Reinhard stehen auf.

EMILY: *singt*

Wir sind durch Not und Freude
gegangen Hand in Hand,
vom Wandern ruhn wir beide
nun überm stillen Land.

Rings sich die Täler neigen,
es dunkelt schon die Luft,
zwei Lerchen nur noch steigen
nachträumend in den Duft.

Tritt her und laß sie schwirren,
bald ist es Schlafenszeit,
daß wir uns nicht verirren
in dieser Einsamkeit.

O weiter, stiller Friede!
So tief im Abendrot.
Wie sind wir wandermüde –
ist dies etwa der Tod?

REINHARD: Ich muß Ihnen etwas gestehen. Ich hatte keine Autopanne. Ich bin hier wegen Sophie. Ich liebe sie.

BÜRGER: Sie reparieren die Mauer, und dann gehen Sie.

REINHARD: Sie haben mich nicht verstanden. Ich liebe Sophie. Wenn ich gehen muß, dann nehme ich sie mit.

BÜRGER: Sie will nicht weg von hier.

REINHARD: Ich kann ohne sie nicht leben.

BÜRGER: Ist das Ihr letztes Wort?

REINHARD: Ja.

BÜRGER: Heute nacht gehe ich auf die Jagd. Begleiten Sie mich. Dann wird sich alles regeln.

REINHARD: Ich bin kein Jäger.

BÜRGER: Sie werden nicht der Jäger sein. Um Mitternacht brechen wir auf.

Emily fängt wieder zu spielen an. Reinhard und der Doktor stehen auf. Der Doktor geht zur Tür. Er dreht sich noch einmal um und verläßt dann den Raum.

EMILY:

Nicht lachen mehr, nicht singen mehr,
Nicht mehr in Wäldern jagen,
Still sitzen hier und klagen,
Weil ich nun mein Hirschlein geschlagen tot.

Wollt eilen hin, wollt eilen her,
Könnt einer mir nur sagen,
Daß ich es nicht erschlagen,
Daß ich nicht vergossen sein Blut so rot.

O böse Jagd! o böser Pfeil!
Mit liebem Blut gerötet,
Mein Freund hab ich getötet,
Der um mich verlassen die Freiheit sein.

Reinhard ist zu Emily getreten. Als er spricht, dreht sie sich erschrocken um.

REINHARD: Was für ein trauriges Lied.

EMILY: Sie hier?

REINHARD: Ihr Vater hat sich zurückgezogen.

EMILY: Er geht heute nacht auf die Jagd.

REINHARD: Was schießt man in dieser Jahreszeit?

EMILY: Enten, Rehe, Hasen. Er schießt auf alles, was sich bewegt. Fragen Sie mich doch nicht solche Sachen.

REINHARD: Er will, daß ich ihn begleite.

EMILY: Sehe ich aus, als interessiere ich mich für die Jagd? Es widert mich an.

REINHARD: Was war das mit dem Bräutigam von Dorothee?

EMILY: Eine alte Geschichte. Was hat sie Ihnen erzählt?

REINHARD: Ich weiß nicht mehr …

EMILY: Sie war schwanger von ihm. Dann hatte er diesen Unfall …

REINHARD: Und das Kind?

EMILY: Was kümmerst du dich um die Vergangenheit. Laß uns von der Zukunft reden. Von unserer Zukunft.

REINHARD: *Unsere* Zukunft?

EMILY: Solange er lebt, kann ich nicht entkommen. Er würde uns finden. Er würde mich zurückholen und dich …

REINHARD: Sie sind ein freier Mensch.

EMILY: Ein freier Mensch! Was für große Worte du kennst.

REINHARD: Ich kann Ihnen nicht helfen.

EMILY: Ich weiß, wo sein Gewehr ist. Ich habe einen Schlüssel zum Schrank. Es wird aussehen wie ein Unfall. Mitten in der Nacht. Er will auf die Jagd. Er ist noch nicht ganz wach. Ein Schuß löst sich …

REINHARD: Du bist wahnsinnig.

EMILY: Du bist meine einzige Hoffnung.

Emily holt das Gewehr ihres Vaters aus dem Schrank. Sie lädt und entsichert es.

REINHARD: Ich würde das wieder zurückstellen.

EMILY: Ich kann damit umgehen. Ich habe es oft genug geübt. Ich habe auf ihn gewartet mit geladenem Gewehr. Aber wenn er gekommen ist … was hätte es geholfen. Ich wußte ja nicht, wohin. Jetzt weiß ich es.

REINHARD: Wohin?

EMILY: Weg von hier. Mit dir.

Emily reicht Reinhard das Gewehr. Er nimmt es widerwillig.

EMILY: Wenn er kommt … Du mußt nah genug sein, wegen den Schmauchspuren. Es muß aussehen wie ein Unfall. Schieß ihm in den Kopf. Das ist am sichersten. Ins Gehirn.

REINHARD: Emily! Ich werde mit deinem Vater reden. Ich liebe Sophie und werde sie heiraten, und wir werden glücklich sein. Wir beiden, wir werden Freunde sein. Wie Bruder und Schwester.

EMILY: Er kommt. Schnell, versteck dich.

Emily schiebt Reinhard hinter den Vorhang, Dorothee kommt herein.

DOROTHEE: Warum bist du nicht im Bett?

EMILY: Ich kann nicht schlafen.

DOROTHEE: Zu spät. Es ist zu spät.

EMILY: Reinhard wird es tun. Wir werden frei sein.

DOROTHEE: Schlafen müssen wir.

EMILY: Ich habe ihm das Gewehr gegeben.

DOROTHEE: Er wird nichts tun. Sieh ihn dir doch an. Er redet. Er redet.

EMILY: In den Kopf.

DOROTHEE: Mehr kannst du nicht erwarten von einem Studenten.

EMILY: *wie im Traum* Der Jäger ist eine Frau.

DOROTHEE: Schnell jetzt ins Bett. Wenn Vater uns erwischt ... Er kommt!

Dorothee zieht Emily hinter den Vorhang. Reinhard kommt hinter dem Vorhang hervor, in der Hand das Gewehr. Die Tür öffnet sich, und Sophie tritt ein. Sie ist hochschwanger. Sie trägt das Hochzeitskleid der Mutter. Es ist alt und zerschlissen.

SOPHIE: Wo bleibst du? Ich habe auf dich gewartet. Ich will in deinem Schatten sitzen, ich will deine Früchte kosten.

REINHARD: Sophie! ... was für ein seltsames Kleid.

SOPHIE: Ich habe es für dich angezogen.

REINHARD: Ein Brautkleid?

SOPHIE: Heute nacht werden wir uns vermählen.

REINHARD: Ich gehe mit deinem Vater auf die Jagd. Ich werde mit ihm reden. Er muß dich gehen lassen.

SOPHIE: Auf die Jagd. Das ist schön. Du mußt mir ein Hirschlein schießen.

REINHARD: Ich kann nicht schießen.

SOPHIE: Dann muß Vater mir den Hirsch schießen. Einen schönen Hirsch mit einem großen Geweih und einem langen Schwanz.

REINHARD: Was willst du denn mit einem Hirsch anfangen?

SOPHIE: Mein Hochzeitsgeschenk.

REINHARD: Er wird uns gehen lassen. Die Liebe läßt sich nicht aufhalten.

SOPHIE: Ich will nicht weg von hier. Hier ist es doch schön.

REINHARD: Ach, Sophie ...

SOPHIE: Du wirst immer bei mir sein. *lacht* Du bist mein Bräutigam, du stillst meinen Hunger und meinen Durst.

REINHARD: Sophie! Mein Liebling.

Sophie und Reinhard umarmen sich. Reinhard schielt zum Vorhang.

SOPHIE: Ich will mit dir vögeln. Gleich jetzt. Hier auf dem Sofa.

REINHARD: *lacht* Aber, Sophie! Wenn jemand kommt.

SOPHIE: Ich trinke deinen Nektar, und du trinkst meinen gewürzten Wein.

REINHARD: Wenn wir in der Stadt wohnen, können wir uns jeden Tag und jede Nacht lieben.

SOPHIE: Ich will aber nicht in die Stadt. Die ersten Menschen wären nicht gestorben, wenn sie den Garten nicht verlassen hätten. Adam und Eva haben sie geheißen. Und der Garten Eden.

REINHARD: Sie wurden vertrieben.

SOPHIE: Weil sie neugierig waren. Weil sie nicht zufrieden waren mit dem, was sie hatten.

REINHARD: Bist du denn zufrieden?

SOPHIE: Du wirst sehen, wie schön es hier ist. Du wirst mein Kirschbaum sein.

Sophie küßt Reinhard. Dorothee tritt hinter dem Vorhang hervor. Als sie Sophies Kleid sieht, erschrickt sie.

DOROTHEE: Woher hast du das Kleid?

SOPHIE: Mein Hochzeitskleid.

DOROTHEE: Zieh es aus!

SOPHIE: Wir ziehen uns alle aus und gehen in den Garten. Wir schämen uns nicht. Wie die ersten Menschen.

DOROTHEE: Reinhard. Sie dürfen nicht mit auf die Jagd. Vater führt nichts Gutes im Schild.

SOPHIE: Laß ihn doch. Er ist mein Hirsch.

DOROTHEE: Sophie! Du weißt nicht, wozu Vater fähig ist. Mein Bräutigam ... ich habe es dir nie erzählt. Vater hat ihn getötet. Es war kein Unfall.

SOPHIE: Aber er ist ja da. Sie sind alle noch da. Im Garten.

DOROTHEE: Sophie. Sophie, es ist nicht wahr. Du darfst ihm nicht glauben. Das Leben geht weiter. Menschen werden geboren und sterben. Es ist immer so gewesen.

SOPHIE: Aber im Paradies ...

DOROTHEE: Es gibt kein Paradies! Zieh jetzt das Kleid aus!

Sophie zieht das Kleid aus. Sie ist nackt. Sie tritt zur Gartentür und öffnet sie.

DOROTHEE: Warum trägst du keine Unterwäsche? Sophie, zieh etwas an. Nimm eine Decke.

SOPHIE: Wir sind die ersten Menschen. Schaut unseren Garten. Alles blüht. Der Mond und die Sterne verneigen sich vor mir. Ich liebe sie, wie meine Kinder. Ich bin die Mutter. Ich bin die Königin.

REINHARD: Sophie! Komm zurück! Es ist kalt.

SOPHIE: Nichts kann vergehen!

Sophie ist in den Garten hinausgetreten. Dorothee steht an der Gar-

tentür und schaut ihr nach. Emily ist hinter dem Vorhang hervorgekommen. Sie faßt Reinhard am Arm.

EMILY: Du mußt ihn erschießen. Das ist unsere einzige Chance zu entkommen. Du darfst ihm nicht in die Augen schauen. Du darfst keine Fragen stellen. Schieß einfach. Dorothee, hilf mir doch.

DOROTHEE: *ringt mit sich, dann* Tun Sie es.

EMILY: Er kommt!

Dr. Bürger betritt den Raum. Dorothee und Emily weichen zurück. Der Doktor trägt Jagdkleidung, er ist schlaftrunken. Er öffnet den Schrank, aber das Gewehr ist nicht da.

BÜRGER: Wo ist mein Gewehr?

REINHARD: Hier. Ich ...

BÜRGER: Ich sehe, Sie sind schon bereit. Das Gewehr werden Sie nicht brauchen. Geben Sie es mir.

Dr. Bürger macht einen Schritt auf Reinhard zu, der weicht zurück.

REINHARD: Ich weiß nicht, ob das eine gute Idee ist. Der Bräutigam von Dorothee ... er hatte einen Jagdunfall?

EMILY: Schieß! Nicht reden. Schieß ihn tot!

BÜRGER: Sie dürfen nicht alles glauben, was man Ihnen erzählt.

EMILY: Schieß. Hör nicht auf ihn.

BÜRGER: Geben Sie mir das Gewehr. Sonst verletzen Sie noch jemanden.

REINHARD: Lassen Sie Sophie gehen. Und Emily und Dorothee. Sie können Ihre Töchter nicht bis zu ihrem Tod hier einsperren.

BÜRGER: Hier gibt es keinen Tod.

EMILY: So schieß doch! Du kannst nicht mit ihm diskutieren.

DOROTHEE: Er hat ihn umgebracht. Meinen Bräutigam. Wir wollten ja gar nicht weg, wir wären ja hiergeblieben ...

BÜRGER: Hier ist kein Platz.

Dr. Bürger hat Reinhard das Gewehr aus der Hand genommen.

BÜRGER: Es war ein Unfall. Unfälle geschehen.

DOROTHEE: Was konnte ich denn tun? Ich habe nichts getan. Ich habe gesehen, wie sie ihn im Garten begraben haben. Er und Sophie. Als das Kind zur Welt kam …

EMILY: Sophie?

Dorothee bricht weinend zusammen. Sophie ist in der Gartentür erschienen. Sie hat Blumen gepflückt, trägt riesige Sträuße. Als Dr. Bürger sie sieht, ist er wie erstarrt.

SOPHIE: Ein Kleid nur aus Blumen.

DOROTHEE: Als das Kind zu Welt kam … es war noch keine Woche alt. Eines Morgens war es tot. Es war tot!

SOPHIE: Es ist nicht tot. Es lebt weiter. Es lebt ewig. Nichts vergeht.

EMILY: Ihr habt sie im Garten verscharrt wie Tiere!

SOPHIE: Ich habe es so gern gehabt. So gern. Jede Nacht habe ich nach ihm geschaut. Es hat geweint. Weine nicht, Kindchen. Weine nicht.

DOROTHEE: Du hast …

SOPHIE: Ich habe es an mich gedrückt, so fest ich konnte. Du armes Kindchen. Weine nicht, weine nicht …

EMILY: *Du* hast es getötet!

SOPHIE: Sie sind nicht tot. Sie schlafen nur. Sie schlafen in der Erde. Es weint nicht mehr. Es ist selig.

Dr. Bürger ist vor Sophie niedergekniet und weint wie ein Kind. Sophie nimmt ihm das Gewehr aus der Hand und streichelt seinen Kopf.

BÜRGER: Meine Eva! Es war keine Sünde. Es ist keine Sünde.

SOPHIE: Weine nicht, Kindchen. Weine nicht!

REINHARD: Seid ihr alle wahnsinnig geworden? Warum all die Toten? Warum die Mauer um das Haus? Was bedeutet das alles?

SOPHIE: Mein Liebling. Du darfst nicht weinen.

BÜRGER: *schluchzt* Du ... ich wollte ...

SOPHIE: Kommt, Kinder, kommt zu mir.

BÜRGER: Mama!

DOROTHEE: Mama ist tot! Du hast sie getötet.

BÜRGER: Sie ist nicht tot.

DOROTHEE: Sie hat mir alles erzählt. Sie hat gesagt, du darfst es nie vergessen. All die Jahre, ich habe es mir immer wieder vorgesagt.

EMILY: Was erzählt?

DOROTHEE: Er war krank vor Eifersucht. Erst hat sie ihm noch in der Praxis geholfen, aber er war so mißtrauisch, daß es bald nicht mehr ging. Dann hat er dieses Haus gebaut für sie, dieses Gefängnis. Er hat sie eingesperrt, sie durfte niemanden sehen, mit niemandem reden. Einmal ließ er einen Maler kommen, um sie zu porträtieren. Der Maler hat sich in sie verliebt und sie sich in ihn. Als sie schwanger wurde von ihm, wollte er mit ihr fliehen. Aber sie wußte, daß Vater sie suchen würde, daß er sie finden würde ...

EMILY: Dann bin ich das Kind des Malers? Ich habe immer gewußt, daß er nicht mein Vater ist.

DOROTHEE: Auch Vater hat es gespürt.

Dr. Bürger hat sich erhoben.

BÜRGER: Sie war meine Frau.

DOROTHEE: Du hast ihn erschossen.

BÜRGER: Das war mein Recht.

DOROTHEE: Er hat ihn im Garten verscharrt. Als Mama wieder schwanger geworden ist, hat sie angefangen, ein Loch in die Mauer zu machen. Wenn er nicht da war, ist sie hinausgegangen und hat daran gearbeitet mit bloßen Händen, bis es groß genug war, um durchzuschlüpfen. Eines Nachts hat sie sich aus dem Haus geschlichen, eins von uns in jedem Arm, sonst nichts. Sie ist entkommen.

EMILY: Das ist die Nacht aus meinen Träumen. Der Himmel

war klar, und der Mond schien hell. Es dämmerte noch nicht, da fingen die Vögel schon an zu pfeifen.

DOROTHEE: Gegen Mittag des nächsten Tages hat er uns gefunden und zurückgebracht. Er hat sie geschlagen mit dem Schüreisen. Er hat sie getötet.

BÜRGER: Sie ist nicht tot. Sie schläft nur.

SOPHIE: Ich bin nicht tot.

DOROTHEE: Er hat Sophie aus ihr herausgeschnitten. Sie ist geboren wie eine Blume aus der toten Erde.

SOPHIE: Die Erde ist nicht tot. Sie ist das Leben.

DOROTHEE: Ich habe mit ihr geredet. Ich habe an ihrem Grab gesessen und habe ihr alles erzählt.

SOPHIE: Sie schläft nur. Eines Tages wird sie erwachen und wieder bei uns sein. Wir werden spielen im Garten.

DOROTHEE: Den Schädel hat er ihr eingeschlagen. Alles war voll Blut.

BÜRGER: Ich ... habe euch ... doch geliebt. Das habt ihr nie begriffen. Von Anfang an. Ich habe euch geliebt. Ich habe alles nur für euch getan.

DOROTHEE: Die Zeit wolltest du anhalten, du Narr! Unser Leben hast du zerstört. All die Jahre!

BÜRGER: Ich liebe euch doch. Mehr als alles andere. Ich habe Fehler gemacht, aber ich habe es für sie getan, für euch. Die Welt ist schlecht, die Menschen sind Tiere. Ihr sollt nicht im Schmutz leben ... in diesem Schmutz!

EMILY: Laß uns gehen. Warum sind wir nicht längst gegangen?

REINHARD: Mein Auto steht draußen. Ich bringe euch, wohin ihr wollt. Komm, Sophie.

Dorothee und Emily gehen hinaus in den Garten. Reinhard tritt in die offene Tür. Sophie steht neben Dr. Bürger, das Gewehr in der Hand.

BÜRGER: Die Welt ist schlecht, die Menschen sind Wölfe,

sie schänden und zerstören alles. Es sind so viele. Ungeziefer, krank und schmutzig. Alles ist Moder und Tod. Die Mauer ist unser einziger Schutz ... Es dreht sich im Kreis ... Niederreißen! Niederreißen!

SOPHIE: Es ist gut. Alles wird gut. Mein Kindchen.

BÜRGER: Mein Gott! Was habe ich getan. Ich habe es doch für euch getan! Für uns!

SOPHIE: Alles wird gut.

Dr. Bürger kniet weinend vor Sophie nieder und umarmt sie. Sie streichelt seinen Kopf.

REINHARD: Komm, Sophie! Laß ihn.

SOPHIE: Ruhig, sei ruhig. Alles wird gut.

REINHARD: Komm!

BÜRGER: Laß mich nicht allein!

SOPHIE: Du mußt schlafen. Schlafen. Dann wird alles wieder gut.

BÜRGER: Ich bin so müde.

SOPHIE: Du wirst schlafen. Und wenn du wieder erwachst ...

Sophie tritt zurück, zielt auf den immer noch am Boden knienden Vater und erschießt ihn.

REINHARD: Sophie! Du bist wahnsinnig!

SOPHIE: Er schläft nur.

REINHARD: Ihr seid alle wahnsinnig.

SOPHIE: Du mußt bei mir bleiben. Ihr müßt alle bei mir bleiben.

Reinhard steht in der Tür, will in den Garten hinaus. Sophie zielt auf ihn.

REINHARD: Sophie! Sei nicht dumm. Wir lieben uns. Beruhige dich! Laß das Gewehr ... laß es fallen.

SOPHIE: Du wirst das schönste Grab haben von allen. Jeden Tag werde ich dich besuchen und dir alles erzählen. Von den Blumen.

REINHARD: Sophie!

SOPHIE: Ich werde einen Kirschbaum pflanzen auf deinem Grab. Und wenn der Baum Früchte trägt, rot wie dein Blut, dann wirst du wieder bei mir sein. So süß, so süß ...

Sophie erschießt Reinhard. Er bricht zusammen. Emily lädt das Gewehr nach und rennt zur Gartentür.

SOPHIE: *ruft* Emily! Dorothee! Wartet auf mich. Ich komme.

ENDE

Die Planung des Planes

Ein Monolog

Dies ist der Plan, über die ganze Erde gefaßt, dies die Hand, über alle Völker ausgestreckt.

Jesaja 14,26

Das ist der Plan ... Die Welt ... Man darf nicht stören. Den Plan nicht stören. Er ... als ich am Morgen ... heute morgen bin ich angekommen. Nicht, um zu ... ich wollte hier sein. Da sein. Hier. Ich mußte ... es gibt Zeiten, in denen man da sein muß, wo ... und manchmal an einem anderen Ort. Nicht ... nicht auffallen. Es ist nicht Bescheidenheit, aber ... es ist so empfindlich. Man muß einfach ... einfach da sein. Ankommen ist schon zu viel. Einfach da sein. Die Grundstellung. Keine Bewegung. Die Präsenz. Ein Garten, und jeder hat seinen Platz. Jeder muß an seinem Platz sein.
Alle waren ... alle sind da, bereit. Im Bahnhof ... schon im Bahnhof habe ich sie gesehen, in der Haupthalle. Im Hauptbahnhof. Die Frauen. Bei den Gleisen, beim Treffpunkt, bei den Billettschaltern. Jede schaute in eine andere Richtung. Einige vor dem Kiosk, eine bei der Säule, dort, wo der Seitenflügel ... Ein Engel schwebt in der Halle. Ich bin an ihnen vorbeigegangen. Lautlos.
In der Bahnhofstraße ... es war ein wunderbarer Morgen. Das Licht und das Grün, die Bäume und die Muster der Schatten auf dem Trottoir. Ein Bild. Ein Garten. Und überall sind Menschen, die Dinge tun, die Handlungen ausführen wie jeden Tag. Die sich bewegen. Menschen unterwegs. Das Unterwegssein. Schnell bewegen sie sich, in sich versunken. Sie wissen, wo sie sind, wohin sie gehen. Aber sie sind noch nicht da. Sie sind ganz unterwegs. Es hat eine Ordnung. Es ist wie das Zittern eines riesigen Körpers. Als seien sie alle eins. Und ...

Beim Sankt Gotthard und weiter unten. Beim Denkmal von Johann Heinrich Pestalozzi. Kopf, Herz und Hand. Es ist wie beim Tischfußball Tipp-Kick. Man drückt auf den Kopf, und sie bewegen die Beine. Die reine Bewegung. Aber ...
Ich bin an ihnen vorbeigegangen, oder sie sind an mir vorbeigegangen. Es ist eine Frage des Standpunktes. Beim Paradeplatz Blumen Krämer. Vor dem Geschäft kleine Ginkgos, winzige Bäumchen, nicht teuer, aber sie werden wachsen und werden groß sein. Im Schaufenster Orchideen und eine Frau mit rötlichen Haaren, die Herren mittleren Alters fragt, ob sie fünf Minuten Zeit für eine Umfrage haben. Sie haben aber keine Zeit, obwohl die Frau schön ist. Mich fragt sie nicht. Sie ist so schön.
Dann bin ich weitergegangen bis zum Bürkliplatz und über die Quai-Brücke. Auch dort. Und am Bellevue, am See, am Uto-Quai, am Seefeld-Quai. Die Ufer ... hätte der See keine Ufer, wäre er unendlich groß. Was nicht gehalten wird, breitet sich aus. Der See hat keine Form. Es ist wie mit den Menschen. Wenn man nicht gehalten wird ...
Auch am See waren Frauen. Überall. Alle sind da, bereit. Sie sind da. Wenn man die Augen schließt und dann ganz kurz öffnet und gleich wieder schließt, dann steht alles still. Die Menschen ruhen in der Bewegung. Wenn man es mehrmals wiederholt, sieht man ein Bild nach dem anderen. Darauf basiert die Möglichkeit des Films. Niemand bewegt sich, und doch ändern sich die Positionen der Menschen von Bild zu Bild. Sie bewegen sich, sobald man die Augen schließt.
Ich habe sie nicht gezählt. Ich weiß, daß alle da sind. Sie müssen ... Zählen nützt nichts. Es nützt nichts zu zählen. Es geht nicht um die Zahl, es geht um die Menschen. Es ist nicht so, daß jeder ein Teil ist von einem Ganzen. Jeder ist das Ganze. Und ist es auch wieder nicht. Wenn eine fehlt, eine nicht an ihrem Platz ist ... aber sie können nicht fehlen. Sie sind ja

da. Nur so kann der Plan gelingen. Wenn ich vergesse ... ich kann nicht eingreifen. Es geschieht und ist nicht aufzuhalten. Es war von Anfang an nicht aufzuhalten. An einem Punkt hat alles begonnen, eine ... ein ... aus einem Punkt heraus. Was davor liegt, läßt sich nicht sagen. Es gibt kein Davor.
Entweder der Plan klappt, oder er klappt nicht. Korrekturen sind nicht möglich. Und Kontrollen machen keinen Sinn, wenn keine Korrekturen gemacht werden können. Kontrollen ... im Gegenteil. Kontrollen würden stören, würden den Plan gefährden. Es ist ein Gleichgewicht der Energien, wenn ... nichts Fremdes, nichts Äußerliches darf mit dem Plan ... darf in den Plan ... es kann nicht. Am besten wäre es, die Augen zu schließen.
Alles ist so kunstvoll ... so sinnvoll. Alles ist durchdacht. Wo man hinsieht, Dinge, Menschen, ein Räderwerk. Muster, Zusammenhänge, Abläufe, Strukturen. Alles ist geplant. Menschen, die Pläne machen, die sich Lösungen ausdenken ... ausgedacht haben. Jeder hat eine Aufgabe. Auch die Frauen. Es ist gut, wie es ist. Es gibt für jedes Problem eine Lösung. Wenn ... im Kühlschrank, innen, ist an der Rückwand – nur ein Beispiel – ist ein kleines Loch für den Abfluß des Tauwassers. Im Loch steckt ein Objekt aus Plastik, ein ganz einfaches Teil, Materialwert null. Tropft ... wenn Wasser aus dem Kühlschrank tropft, kann durch mehrmaliges Hin- und Herbewegen dieses Plastikteiles, dieses Nichts, der Abfluß des Wassers durch das Loch wieder ... Das ist sinnvoll. Rechtzeitig. Es müssen Dinge getan werden, damit alles seinen Lauf nehmen kann. Es ist ein Fließen, damit ... Schön. So muß es sein. So müssen wir leben. Uns selbst vergessen. Wir sind nur ein ganz einfaches Teil. Aber wir wirken. Handlungen ... Alles fließt. Das ist der Plan.
In der Innenstadt und auch in den Außenquartieren. Überall geschieht ... jeder ist nur an einem Punkt, jede, aber es

ist ein Ganzes ... die Welt. Ein Netz, ein System. Es ergänzt sich, und niemand ist am falschen Ort. Weil es ein Plan ist. Es ist wie in einem Traum, wenn man überall gleichzeitig ist. Wenn es ... die Welt in einem Mal erfassen. Sie durchdringen. Ich werde eine Eigenschaft der Welt. Wie die Jahreszeiten, die Zeit überhaupt. Die überall gleichzeitig ist. Wie groß dann alles wird.

Wenn ... die Zeit der Aussaat, die Zeit des Wachsens, die Zeit der Ernte und die Zeit der Ruhe. Ein Garten. Es geschieht alles von selbst. Es ist ein Gang durch den Garten. Alle Wege führen zurück zum Zentrum. Es gibt kein Zentrum. Es ist ein Ganzes. Man bewegt sich, ohne sich von etwas weg- oder auf etwas zuzubewegen. Die Beine bewegen sich. Nur das ist wichtig. Die Bewegung. Die Handlung. Der Ort spielt keine Rolle. Es ...

Es gibt Irritationen. Dinge, die am falschen Ort zu sein scheinen. Zur falschen Zeit. Ich habe ... Dinge, die ich nicht verstehe. In der Toilette, die zum Wartezimmer gehört ... nur ein Beispiel ... in der Schleuse zwischen den beiden Türen, von denen immer eine verschlossen sein muß, klebt seit Monaten, seit *Monaten* ein kleines grünes Blatt am Handtuchautomat. In der Herrentoilette, der Toilette für Herren. Ein winziges selbstklebendes Papier in der Form eines Blattes. »Götterfrucht – Bergware«, steht darauf. In gelber Schrift. Ich lese es jedesmal, wenn ich mir die Hände trockne. Es ist ein Rätsel. Ich weiß nicht, weshalb es dort ist. Ich habe mir oft überlegt, es wegzunehmen, zu entfernen. Aber das ist nicht meine Aufgabe. Man kann das Problem nicht lösen ... man kann nicht wissen, weshalb... und ich wüßte nicht, wo ich es hintun sollte. Die Putzfrau müßte ... Es ist ein Herr gewesen. Oder eine Dame, die sich zu Unrecht ... widerrechtlich dort befunden und aufgehalten hat, mit Absicht oder auch nicht. Der Plan ist groß, und man muß darauf vertrauen,

daß alles so ist, wie es sein soll. Jeder muß seine Aufgabe erfüllen. Man muß doch einen Beruf haben im Leben.
Die Tramfahrer, die Busfahrer, die Lokomotivführer ... jeder hat einen Beruf, eine Aufgabe. Die Kapitäne. Sie sind zuständig für die Verschiebungen von Menschen und Dingen. Der Zustand der Bewegung. Immer sind sie da und tun ihre Arbeit. Sie sind da zur Beförderung.
An den Endstationen der Trams sind die Gleise zu einem Kreis geschlossen. Man merkt es gar nicht. Man wird ganz sanft gewendet, und dann ist man plötzlich wieder da, wo man hergekommen ist. Sie fahren immer hin und her, sie sind immer am selben Ort. Jede Linie ist ein Ort. Von einem bestimmten Punkt aus gesehen, ist jede Gerade ein Punkt. Dann sieht man das Tram größer und kleiner werden, von dort, aber es ist immer am selben Ort. Es pulsiert.
Aber die ... der Mann in der Lokomotive ... er kann nicht anhalten, wenn etwas geschieht. Zu spät. Zu spät. Wenn etwas geschieht, kann man nicht anhalten. Überall geschehen Dinge. Es gibt Pläne, Fahrpläne. Sie müssen eingehalten werden. Aber man kann dabei sterben.
Man kann die Fahrpläne ... sie werden als Bücher, als CD-ROM ... den Rail Service kann man anrufen. Er ist vierundzwanzig Stunden für mich da. Ich kann anrufen, und jemand nimmt den Anruf entgegen. Es ist immer eine Frau ... wenden Sie sich bitte an den Rail Service. 0900 300 300. Er ist vierundzwanzig Stunden für Sie da. Besten Dank für Ihren Anruf. Auf Wiederhören. Es ist alles so gut gemacht, so gut organisiert. Geplant. Aber es hat viel Mühe gekostet. Die Arbeit ist lang und schwer. Und es kann nie gesagt werden, ob es gelingt. Es ist alles, wie es ist.
Vom See, vom Zürichhorn bin ich ins Landesinnere gegangen, Höhe Fröhlichstraße und dann zurück, Richtung Bellevue, auf der Seefeldstraße. Am Café mit der schönen Ser-

viertochter und an Fiorella vorbei. Ein Geschäft mit einem häßlichen Namen. Aber Blumen. Sie haben Blumen. Und sie standen alle da, wo sie stehen sollten. Jede auf ihrem Platz, jede auf ihrem Posten. Es geht um ... kleinste Abweichungen wären verheerend. Aber es gab keine Abweichungen. Man spürt das. Es ist ein Gefühl. Alle standen genau da, wo sie stehen mußten. Es war wie ein Bild. Ein Garten. Ausgewogen. Beim Zeitungsautomat, als wollten sie eine Zeitung beziehen, am Geldautomat, als wollten sie Geld ..., am Billettautomat. Einige saßen. Sie haben sich nicht zu erkennen gegeben. Kein Wort, keine Geste, höchstens ein kurzer Blick. Kein Kontakt, nur ein kurzes Schauen. Kein Erkennen in den Augen. Das war ... das ist Teil des Planes. Wenn nur eine ... es könnte alles zerstören. Niemand darf wissen ... wenn auch nur einer es weiß, es erfährt ... es würde alles zerstören. Die Arbeit von Jahren. Buschwindröschen, Portulak, Waldrebe. Frauen sind wie Blumen.

Am Anfang war der Plan. Jahrelang habe ich an diesem Plan ... nein, immer. Immer. Seit ... es ist mein Plan. Ohne den Plan bin ich niemand mehr. Nichts mehr. Es geht nicht um mich. Ich habe eine Aufgabe. Es geht nur um die Aufgabe. Ohne die Aufgabe wäre ich ja ... Aber es kann nicht sein. Der Plan kann nicht nicht sein. Er ist ja da. Die Frauen. Man kann sie sehen. Alles.

Der Plan ... er macht mich groß. Es ist ein großer Plan. Ein umfassender Plan. Uferlos. Es gibt viele Pläne, kleine Pläne, Details. Aber kein Plan ist wie dieser. Er enthält alles. Alle anderen Pläne und alles sonst. Nichts wurde vergessen. Ich habe nichts ... Ich habe keine Mühe gescheut. Alles ... an alles muß gedacht werden. Nicht gedacht. Man muß eins werden mit dem Plan. Sich einfühlen in alles. Eine Eigenschaft werden. Ein Plan von einer so ... ein so komplexer Plan kann nur funktionieren, wenn alles eins ist, wenn alles sich bewegt

wie ein Körper. Eine Bewegung. Die Einheit ... der Zeitpunkt, die Personen, die Frauen, die Bewegungsabläufe. Sehr genau.
Es ist, wie wenn man einen Garten ... man kann einen Garten nicht ... man muß sich bei der Planung eines Gartens in den Garten einfühlen. Nein. Man muß zum Garten werden und sich dann – wie ein liegender Mensch, der sich bewegt, bis er die bequemste, die richtige Position gefunden hat, bis er Ruhe gefunden hat –, man muß sich als Garten bewegen, bis alles an seinem Platz ist. Dieses Gefühl muß man hüten. Und wenn man wieder zum Mensch geworden ist, muß man alles so machen, wie man es empfunden hat. So wird alles, wie es sein muß. Und Ruhe kehrt ein. So macht man einen Plan.
Die Bäume, die Blumen, die Steine, das ist nur ein Teil, ein winziger Teil. Es ist nicht schwierig. Weil ein Stein nur ein Stein ist. Schwierig sind die Menschen. Weil ein Mensch ein Inneres und ein Äußeres hat. Das ist die größte Schwierigkeit überhaupt. Die Unberechenbarkeit der Menschen. Ihre Bewegungen. Die Personen ... die Frauen. Frauen sind ... ihre Bewegungen sind unberechenbar. Sie kommen aus dem Innern. Es sind Handlungen. Sie folgen keinen Gesetzen. Deshalb dürfen sie nichts wissen von dem Plan. Weil sie reagieren. Einem Stein kann man alles erzählen. Er reagiert ja nicht. Er fällt, wenn man ihn fallen läßt.
Die unglaubliche Spannung, ob alles ... ohne zu jemandem ... ein Wort, und alles wäre ... ich kann nie ... keine Kontakte, es darf keine ... die Kommunikation ist ... Die Personen, die Frauen dürfen nicht wissen, wer ... dürfen nicht ahnen, daß überhaupt jemand ... daß es ein Plan ist. Daß es einen Plan gibt.
Tote Briefkästen, die nicht gefüllt und nicht geleert werden, Anrufe bei Ahnungslosen, ohne den Plan zu erwähnen, von

Telefonzellen aus, von nicht registrierten Mobiltelefonen, die in unregelmäßigen Abständen ausgewechselt werden müssen. Natel Easy. Vorwände. Bestellungen. Belanglose … vermeintlich belanglose Gespräche über das Wetter, über … Auskünfte einholen. Kundendienste. Gratisnummern. Der Rail Service. Einfach irgend jemanden anrufen, eine Stimme hören. Reden. Frauen. Es sind immer Frauen.
Wenn man bei der Pablo Licht Design AG anruft, kommt die Stimme einer … 01 291 57 00 … kommt die Stimme einer Frau. Die aufgezeichnete Stimme einer Frau. Sie sagt Grüezi. Ihr Anruf erreicht uns außerhalb unserer Geschäftsöffnungszeiten. Unsere Öffnungszeiten sind Dienstag bis Freitag von zehn Uhr durchgehend bis halb sieben und am Samstag zehn Uhr durchgehend bis um vier. Sie haben aber auch die Möglichkeit, uns nach dem Pfeifton eine Nachricht zu hinterlassen. Besten Dank für Ihren Anruf. Auf Wiederhören. Pfeifen. Ein Zeichen. Ich nenne sie Amaryllis.
Ich habe sie mehrmals angerufen, aber nie eine Nachricht … nicht … nie den Plan erwähnen. Keine Anweisungen. Anweisungen, die nicht als solche zu erkennen sind. Eine Bestellung allenfalls. Eine Lampe. Licht. Aber bei der Anschaffung der nötigen Geräte nie, *nie* mit Kreditkarten Zahlungen tätigen. Barzahlung. Natürlich. Aber das weiß ja jedes Kind. Es gibt Filme … das sind die … die Regeln. Die Gesetze.
Es gibt Listen von allen Telefongesprächen, die eine bestimmte Person … die von einem bestimmten Telefonanschluß aus geführt wurden. Diese Listen enthalten das Datum, die Uhrzeit, die angerufene Nummer und die Dauer der Anrufe. Allerdings sagen diese Daten nichts über das geführte Gespräch aus. Die Überwachung von Telefonanrufen ist nur in Fällen erlaubt, in denen Hinweise auf einen kriminellen Akt oder Hintergrund oder auf die Vorbereitung eines kriminellen Aktes oder Hintergrundes bestehen. Eine

Straftat. Das ist richtig so. Es muß so sein. Die Gesellschaft muß ihre Bürger doch schützen.
Die Mobiltelefone senden Signale aus. Sie melden sich im Netz an. Die Gesellschaften können jederzeit sagen, wo sich das Mobiltelefon befindet und der Mensch, wenn es beim Menschen ist. Einem Menschen zugehört. Mit erstaunlicher Genauigkeit. Nur wenn man das Mobiltelefon ausschaltet, ist man unsichtbar.
Man weiß nie, daß es … ob niemand … ob der Plan funktioniert. Das ist eine der ganz großen Schwierigkeiten. Ein Problem, das nicht zu lösen ist. Daß keine Bilanz gezogen werden kann. Nie. Daß der Plan sich der Analyse entzieht. Das war für mich die größte Schwierigkeit. Nein. Keine Schwierigkeit. *Inhärent*. Aber es war schwer, von Anfang an zu wissen, daß – wieviel Arbeit auch immer, wieviel Mühe, Schmerz, Einsamkeit – daß der Plan nie … daß ich nie wissen werde, ob er funktioniert. Ich kann nur hoffen. Ich kann nur glauben. Und ich glaube. Ich glaube an den Plan. Ich glaube, daß er funktionieren wird. Ich glaube, daß er schon jetzt funktioniert, jetzt, in diesem Moment. Man muß glauben. Alle. Alle müssen glauben. Es ist ein Gefühl.
Es gab keine Versammlungen, keine Treffen. Durfte nicht. Es wäre unmöglich, Treffen durchzuführen, wenn niemand wissen darf, daß es sich um einen Plan handelt. Zweiertreffen sind vertretbar. Ohne Wissen der Getroffenen. Gelegentliche Zweiertreffen an öffentlichen Orten. Eisenbahnen, Trams, Schiffe zur Not. Es fällt nicht auf. Die Fahrpläne sind beim Rail Service zu erfragen. Vierundzwanzig Stunden am Tag. Er ist immer für mich da.
Die Treffen müssen wie zufällig … sie müssen zufällig stattfinden. Während der Treffen darf nicht gesprochen werden. Nur ein Schauen. Ein kurzes Schauen von Zeit zu Zeit. Das muß genügen. Es gibt keine Anweisungen. Es muß alles von

selbst … wie von selbst geschehen. Der Plan erklärt sich, indem er stattfindet. Wie in einem Garten. Bäume, Blumen. Das Wachstum. Sie wissen es nicht und wachsen doch. Es ist ihre Aufgabe. Ihre Bestimmung.
Die Stimmen … das Pfeifen. Sie sind da, ob man anruft oder nicht. Sie sind da wie … irgendwann hat es jemand geplant, hat sie aufgezeichnet, und jetzt sind sie da und warten auf mich. Die Stimmen liegen in den Kassetten. Es ist sehr geheimnisvoll. Sie sind da und sind doch nicht zu hören. Das ist der Magnetismus. Es sind immer Frauen. Nur bei der Wasserversorgung, 01 435 21 11 … Erst kommt auch da eine Frau. Sie sagt Grüezi. Sie sagt, Sie sind mit der Wasserversorgung Zürich verbunden. Da zur Zeit alle Leitungen besetzt sind, bitten wir Sie um etwas … Dann kommt ein Mann, der fragt, was man will. Er ist lebendig, er ist wirklich da, auch in der Nacht. Man muß dann schnell auflegen. Er kann sehen, woher der Anruf kam, aber er kann nicht wissen, was man hat sagen wollen. Oder eben nicht hat sagen wollen. Weil man nicht darf. Man darf es nicht sagen. Warten muß man.
Das Wissen … nein, das Nichtwissen ist ein wesentlicher Punkt. Der Plan muß unter größtmöglicher Bewußtlosigkeit durchgeführt werden. Schon das Bewußtsein des Planers, mein Bewußtsein, mein Wissen um die Existenz des Planes, gefährdet ihn. Aber der Plan war nicht zu planen, ohne um ihn zu wissen. Das ist eine der vielen und fast unüberwindlichen, vielleicht wirklich unüberwindlichen Schwierigkeiten. Man muß wissen, wie es geht, aber in seinem Innern das Rätsel bewahren. Man muß einen Stein werfen, aber man darf ihn nicht Stein nennen. Wichtig ist der Wurf. Der Plan ist der Wurf. Der Stein ist auch ohne den Plan ein Stein. Und ich muß … ich kann ihn werfen, ohne ihn zu erkennen.
Es gab Momente, wo alles auf dem Spiel stand. Einmal …

ich … es war ein Treffen mit einer Frau, die im Plan … die den Decknamen Buschwindröschen trägt … trug … trägt. Wir trafen uns in einem Vorortszug an einem frühen Nachmittag. Das Treffen war nicht … sie wußte nichts vom Treffen. Ich auch nicht. Es kam zu mehrmaligen … ich schaute sie an. Buschwindröschen. Wir saßen in unterschiedlichen Abteilen, aber ich hatte mich so hingesetzt, daß ich sie anschauen konnte. Ich merkte sofort, daß sie nervös war, daß sie etwas ahnte, spürte vielleicht oder … ahnte. Es ist ein Gefühl. Nach dem dritten oder vierten … vielleicht war es ein Kontakt, vielleicht habe ich einen Fehler gemacht. Es darf kein Kontakt sein. Nur schauen. Schauen. Da stand sie auf und kam … sie kam auf mich zu. Nur meine sofortige Flucht, mein Weggehen, verhinderte eine direkte … Sie rief mir etwas nach, aber ich tat, als hörte ich sie nicht. Etwas …
Niemand darf ahnen, daß es einen Plan gibt. Weil niemand … es muß sehr ernst genommen werden. Alles. Es gibt keine peripheren Aufgaben. Im Plan ist keine Hierarchie vorgesehen. Es gibt keine … Das ist zentral. Nichts ist zentral. Alles ist von größter Wichtigkeit. Von gleicher Wichtigkeit. Von gleichem Gewicht. Buschwindröschen, Johanniskraut, Teufelskralle. Männertreu.
Es darf keine Schwachstellen geben. Es handelt sich beim Plan um ein derart filigranes Gebilde … wenn eine Stelle, egal welche, wenn eine Stelle versagt, eine Person, eine Frau, ist das Gelingen des Ganzen gefährdet. Es gibt keine Hierarchie. Die Vernetzung durchdringt den ganzen Plan. Nichts … nicht Vernetzung. Es … der Plan ist … die Struktur … es ist wie ein Stoff. Ein Stück Stoff. Beweglich, weich und doch nicht zu … es … wie Seide.
Ich kann ihn nicht vergleichen. Der Plan ist von einer Komplexität, die keinen Vergleich zuläßt. Er kann nicht vereinfacht werden, nicht reduziert. Der Plan kann nicht abgebil-

det werden und nicht erklärt. Nur eine kongruente Abbildung ... der Plan ist ... jede Abbildung des Planes müßte deckungsgleich sein mit dem Plan. Es kann über den Plan gesprochen werden, ein Spaziergang durch den Plan, aber er kann nicht erklärt werden. Der Plan ist wie ein Bild, aber er läßt sich nicht abbilden. Selbst wenn man ihn reproduzieren würde mit allerhöchster Genauigkeit. Es wäre nicht mehr der Plan. Es ist eine Frage der Energie. Der schöpferischen ... Der Plan kann nicht verstanden werden, weil sein Ursprung nicht im Verstehen liegt. Die Menschen glauben, viel zu verstehen, aber sie täuschen sich. Nur kleine Pläne können verstanden werden, Stadtpläne, Fahrpläne, nur kleine.

Ich bin zurück zum Bellevue gekommen und von dort die Rämistraße hinauf. Bei Hellmut Schumann im Schaufenster war *Von denen Kräutern* ausgestellt, von Theodor Zwinger, 1744. Ein vollkommenes Kräuter-Buch. Und von Andersen das *Bilderbuch ohne Bilder*. Das ist ein Zeichen. Ein Bilderbuch ohne Bilder. Das ist der Plan.

Bei Britschgi weiter oben war nicht viel. Aber manchmal sind dort noch Schallplatten zu kaufen, günstig. Dann Odette, zur gepflegten Kaffeestunde. Das Fenster eingeschlagen. Das Kunsthaus ist voll von Bildern, von denen manche nicht so gut sind. Aber andere schon. Am Pfauen gibt es auch einen Plan der Stadt, einen City Guide mit geographischem und kommerziellem Index und Drehknöpfen, mit denen man ein Fadenkreuz über den Plan drehen kann. Der Pfauen befindet sich im Quadrat N12. Ich bin dann weiter die Rämistraße hinaufgegangen, an der Universität vorbei und zur Eidgenössischen Technischen Hochschule. Es wäre nicht weit gewesen zur Vogelsangstraße, an die mich eine Erinnerung bindet. Aber ich bin dann auf die Poly-Terrasse gegangen, wo ich einmal sehr früh an einem Morgen stand. Es war ein Moment des Glücks. Ich habe wieder auf die Stadt hinunter-

geschaut. Man hat von der Poly-Terrasse einen guten Überblick, man sieht die Strukturen ... die Anlage der Straßen. Es gibt Menschen, deren Aufgabe es ist ... die sich um die Anlage der Straßen kümmern. Sie erfolgt nach ... es ist eine Ordnung in der Anlage der Straßen. Sie ist gewachsen über lange Zeit. Man kann auf verschiedenen Wegen von einem Punkt zu einem anderen gelangen. Es ist ein Netz von ... Alles muß miteinander verbunden sein. Die Adern eines Blattes, die Verästelungen eines Flusses in einem Delta, die Blutgefäße, das Internet. Kreisläufe. Alles ist verbunden, hat eine Ordnung. Nichts geschieht einfach so. Es ist alles gewachsen über lange Zeit. Es ist ein Garten. Ein Garten. Jeder ist nur ein kleiner Teil. Jeder hat eine Aufgabe. Ich bin der Gärtner. Ich bin der ... Ich bin ...
Das Zusammensein ist wichtig. Untereinander. Miteinander. Aber es darf nicht auffallen. Es ist, wie wenn der Wind durch die Kastanienbäume fährt und die Blätter rauschen. Edelkastanien. Die Unterseite der Blätter ist silbern. Und sie rauschen ... Ein Chor. Alle schauen in dieselbe Richtung. Sie sind zusammen, aber sie schauen sich nicht an. Und dann das Lied ... alle singen dasselbe Lied. Sie kennen das Lied. Schon bevor sie zu singen anfangen. Das Lied ist schon da, aber man hört es noch nicht. Dann fangen sie an. Sie müssen aufeinander hören. Sie könnten sich an den Händen halten. Es ist kein Kontakt, es ist nur eine Berührung. Musik kann ein Mittel sein. Gesang. Oder Pfeifen. Wenn man pfeift, pfeifen andere auch. Man kann das ausprobieren in den Umkleidekabinen von Badeanstalten. Aber nur Männer. Nur nicht auffallen. Das ist elementar. Keine Konzentration von Energie. Keine ... man darf nach dem Pfeifen nicht sprechen. Kein Kontakt, keine Information nach dem Pfeifen.
Bei der Kreditanstalt ... Crédit Suisse, aber es ist dasselbe. Die Namen ändern sich, aber nicht, was hinter den Namen

ist ... was dahinter steht. Die Welt. Wenn man Crédit Suisse Leasing anruft, 01 334 28 00, sagt eine Frau ... sie klingt wie Efeu, Waldrebe ... man kann sie auch eine Dame nennen, es ändert nichts. Der Mensch bleibt ... sie sagt, herzlich willkommen. Sie könnte auch Grüezi sagen, es ändert nichts. Sie sagt, Crédit Suisse Leasing. Unsere Büroöffnungszeiten sind wie folgt: acht bis zwölf Uhr und dreizehn bis siebzehn Uhr. Sie haben aber die Möglichkeit, hier eine Nachricht zu hinterlassen. Wir werden Sie so schnell wie möglich zurückrufen. Bitte sprechen Sie nach dem Signalton. Wir danken für Ihren Anruf. Aber man darf nach dem Signalton nicht sprechen.

Der Paradeplatz ist das Herz des Zürcher Trambetriebes. Das Herz der Stadt. Der Kreislauf ...

Als ich sie heute sah, am Bahnhof, am See, in der Innenstadt ... ich hätte ebensogut in die Außenquartiere ... man kann auch Viertel sagen, es ist dasselbe, Außenviertel ... ich hätte ebensogut in eine andere Stadt gehen können, in ein anderes Land. Überall wird gebaut.

Es war ... als ich sie gesehen habe, war es ein ... Freude. Daß überall Menschen sind und Handlungen ausführen. Daß der Plan stattfindet. Welche Freude! Nach all der Arbeit, nach all der harten Arbeit, nach all den Entbehrungen. Nur schon die Möglichkeit ... vielleicht überhaupt nur die Möglichkeit. Aber die Konzentration darf nicht nachlassen. Keine Distanz. Keine Analyse. Keine Beobachtung. Nur Konzentration. Äußerste Konzentration. Und Hingabe. Uneigennützigkeit. Sich selbst vergessen, um ganz sich selbst zu sein. Alles muß sich selbst sein. Die Aufgabe: Vergessen.

Man kann es nicht wissen. Man spürt es. Man muß es spüren. Zu spät ist immer zu spät. Aber dazu darf es nicht kommen. Man muß den richtigen Zeitpunkt spüren. Die Gefährdung. Nach Jahren ... alles umsonst. Das Risiko ist enorm. Aber das war es von Anfang an. Wir haben keine Wahl. Ohne den Plan wäre nichts. Ohne den Plan wäre nicht einmal nichts. Ein Versagen, ein Fehler, egal, wann ... Die Arbeit kann schon im ersten Moment ... sie kann hinfällig sein, bevor sie getan ist. Der Fehler. Vielleicht wurde in der ersten Stunde ein Fehler gemacht. Es kann nicht ausgeschlossen werden. Es ist möglich, daß in der ersten Stunde ein Fehler gemacht wurde und daß der Plan seither zum Scheitern verurteilt ist. Die Tatsache, daß etwas geschieht, ist keine Garantie dafür, daß es richtig ist. Man weiß es nicht. Man muß glauben ... die Konzentration darf nie nachlassen. Die Hingabe.

Der Plan ... es läßt sich eigentlich nichts über den Plan sagen. Es lassen sich nur Teile ... Verstehen ist immer lokal. Zum Beispiel eine gemeinsame, schnelle Bewegung ... lautlos. Aber das ist nur ein Teil, ein winziger Teil. Es ist äußerst komplex. Es könnte auch eine Nichtbewegung sein. Entscheidend ist die Absicht. Eine Handlung. Alles basiert auf der ... wer keine genaue Kenntnis der Quantenphysik hat, wird den Plan nicht verstehen können. Atomphysik, Relativitätstheorie, nichtlineare Optik, Laser, Maser ... dreidimensionale topographische Darstellungen, die Infinitesimalrechnung, die irrationalen Zahlen, die Quantenphysik. Aber auch wer genaue Kenntnisse ... wer die Quantenphysik in- und auswendig kennt ... es gibt keine Garantie.

Es gibt elf Dimensionen. Man sieht aber nur drei. Die anderen sind aufgewickelt, Spiralen, vielleicht ein Millimeter im Durchmesser. Und die Gravitation verschwindet darin. Das Unsichtbare.

Der Plan kann eigentlich nicht verstanden werden. Er darf nicht verstanden werden. Er kann nur stattfinden. Und selbst das ist nicht gewiß. Es geht nicht darum, den Plan zu verstehen. Es geht um seine *Existenz*.

Der Plan *darf* nicht verstanden werden. Er darf nicht *wahr-*

genommen werden. Und ohne Wahrnehmung kann es kein Verstehen geben. Jede Wahrnehmung würde ihn verändern und also zerstören, beziehungsweise wirkungslos machen. Also zerstören. Der Einfluß der Beobachtung auf das Beobachtete. Wobei die Wirkung ... seine Wirkung besteht einzig und allein in seiner Existenz. Die Gleichzeitigkeit ist von größter Bedeutung. Eine schnelle, gleichzeitige Bewegung oder Nichtbewegung, lautlos ... das kann man annehmen, muß man vermuten. Vielleicht ...

Man hört alles immer etwas später, als man es sieht. Eine winzige Verschiebung, je nach Distanz eine größere. Es läßt sich berechnen. Das ist einfach. Schallgeschwindigkeit minus Lichtgeschwindigkeit. Wobei die Lichtgeschwindigkeit in der Regel vernachlässigt wird. Sie ist so groß. Aber man darf sie nicht vernachlässigen. Sie ist die Abweichung. Daß wir nie ganz da sind. Daß wir nie sehen, was geschieht. Alles ist immer schon vorbei. Zu spät. Zu spät. Auch Geräusche. Alles immer zu spät. Selbst Berührungen. Bis der Nervenimpuls im Gehirn ist ... zu spät. Alles ist Reaktion. Wenn es noch so schön ist. Bis wir es spüren, bis wir es merken, ist es schon vorbei. Zu spät.

Der Dopplereffekt ... daß ein Auto, das auf uns zukommt, höher klingt als eines, das von uns wegfährt. Die Schallwellen werden im ersten Fall gestaucht, im zweiten gestreckt. Der wirkliche Klang des Autos ist immer gleich. Er liegt in der Mitte. Wir müssen die Mitte finden. Das ist die Relativitätstheorie. Wenn man das nicht versteht ... auch das Licht. Blau oder rot.

Bei Feuerwerken. Am 1. August. Man sieht etwas, das schon vorbei ist. Und wenn man es hört, ist das Sehen vorbei, und wenn man es riecht, ist das Hören vorbei. Die Distanz ... nur wenn es keine Distanz gibt, ist Gleichzeitigkeit möglich. Wir müssen ganz nahe zusammenkommen. An einem Punkt.

Alle. So hat es ja angefangen. Die Konzentration. Es dehnt sich aus, immer weiter und weiter, bis es wieder zusammenkommt. Die Unendlichkeit ist ein Punkt. Alles oder nichts, es macht keinen Unterschied. Das ist der Plan.
Die Gleichzeitigkeit ... sie ist entscheidend. Die Bewegung. Die Geschwindigkeit. Eine Fliege fangen. Die Grundstellung. Etwas in die Knie gehen und die Wirbelsäule leicht nach vorne gebeugt. Die Grundstellung des Jägers. Das Organische. Man muß mit der Hand von hinten ganz langsam ... damit sie es nicht sieht. Man muß mit der Fliege eins werden. Und dann plötzlich ... es geschieht. Aber das ist nur ein winziger Teil. Man muß zugleich Jäger und Beute sein. Nein. Man muß das Fangen sein. Man muß das Sein sein.
Die Wiederholung ist von größter Wichtigkeit. Sie ist wichtig, und es läßt sich nicht sagen, ob die Wiederholung oder die Gleichzeitigkeit wichtiger ist. Die Wiederholung der Gleichzeitigkeit. Der Rhythmus. Das rhythmische Wiederholen ... der Puls. Der Plan pulsiert. Das Miteinander. Die Menge ist wichtig. Die ... die Kombination, Kombinatorik. Das Wenige und das Viele. Die Wechselwirkungen. Das Auf und Ab. Das Hin und Her. Die Kräfte. Die Bahnen der Gestirne. Der Lauf der Jahreszeiten. Das Wetter. Auf Regen folgt Sonne, auf Sonne folgt Regen. Das Starten und Landen. Abfahren und Ankommen. Die Fahrpläne. Der Puls, der in allem ... der Puls. Und die dauernde Gleichzeitigkeit. Die ewige ...
Entscheidend ist die Zeit. Die Zeit dazwischen. Die Zeit, in der wir jetzt, in diesem Moment ... dieses Dazwischen. Die Gegenwart. Das Warten. Die Öffnungszeiten.
Beim Kantonalen Steueramt sagt eine Frau Grüezi. Eine Tulpe. Kantonale Verwaltung. Grüezi. Unsere Büros sind geschlossen. Die Telefonzentrale wird bedient von Montag bis Freitag, acht Uhr bis elf Uhr fünfundvierzig und dreizehn

Uhr dreißig bis siebzehn Uhr. Rufen Sie uns bitte während dieser Öffnungszeiten an. Es sind dann Menschen da, die die Telefonzentrale bedienen. Frauen. Es ist wichtig, daß man die Zeit ... legt man danach nicht auf, hört man im Hintergrund ein Geräusch. Das ist ein Geheimnis. Es braucht Geduld. Man wartet, legt einfach nicht auf, obwohl nichts mehr kommt. Wartet. Dann dieses Geräusch. Vielleicht verläßt jemand einen Raum. Und nach einiger Zeit kommt eine andere Dame, die auf Wiederhören sagt. Diese Frau ist nicht Mitglied der kantonalen Verwaltung. Sie gehört zu einer anderen Organisation. Eigentlich will sie sagen, legen Sie jetzt auf. Aber sie sagt, auf Wiederhören. Es spielt keine Rolle. Die Menschen verstehen sich auch so. Man macht, was sie wollen.

Wenn man unterwegs ist. Im Zug oder Tram oder auch zur Not auf einem Schiff ... man sitzt ganz nah beisammen. Seite an Seite. Das ist wichtig. Nebeneinander. Wie ein Chor, der nicht singt. Aber das Lied ist trotzdem da, auch wenn man es nicht hört. Es gibt einen Fluß der Energie. Man singt nicht und singt doch. Man bewegt sich nicht und bewegt sich doch. Das ist ein Paradoxon, das mit der Relativität der Stimmen und der Räume zu tun hat. Man muß dazu die Relativitätstheorie von Albert Einstein studiert haben und verstanden.

Wenn ich die Polybahn nehme von der Poly-Terrasse, komme ich, ohne mich zu bewegen, zum Central. Man kann dabei, wenn man auf der Plattform steht, das Drahtseil beobachten. Und es bewegt sich. Hingegen bewegt sich der Untergrund nicht. Es kann auch eine Täuschung sein. Es scheint, als bewege sich der Untergrund nicht. Und doch ist man ... sicher ist, daß es nicht sicher ist, ob die Bahn sich bewegt oder die Erde. Sicher ist, daß ich mich nicht bewege. Und doch bin ich nachher am Central. Wichtig ist also die Bewegung, die Geschwindigkeit, die Gleichzeitigkeit und die Wiederholung.

Der Puls. Die Relativität des Raumes. Das Koordinatenkreuz. Die Zeitachse t. Ich fasse zusammen ...

Wenn jemand mich im Zug um eine Auskunft bittet, dann hängt, ob er mir glaubt oder nicht glaubt, nicht davon ab, ob ich die Wahrheit sage oder nicht. Man weiß ja nicht, ob die Antwort wahr ist oder falsch. Sonst müßte man ja nicht fragen. Aber ich werde im Zug in der Regel nicht gefragt. Ich werde nicht bemerkt. Ich darf nicht bemerkt werden. Das ist die Regel.

Die handelnden Personen müssen im Moment der Handlung ... dürfen während der Handlung nicht bemerkt werden. Würden sie bemerkt werden, würde die Handlung oder Nichthandlung sofort zum Bild einer Handlung oder Nichthandlung und somit wirkungslos. Ideal wäre es ... da ja auch die Selbstwahrnehmung, die ... eine Form von Beobachtung ist, die Selbstbeobachtung ... ideal wäre es, keine handelnden Personen oder beziehungsweise nichthandelnde Personen zu haben. Maschinen. Aber der Einsatz mechanischer Geräte für den Plan, nicht nur Hilfsmittel, mechanischer Geräte nicht nur als Hilfsmittel, Apparate, Maschinen ... den Ersatz der handelnden Personen durch handelnde Geräte oder Maschinen oder Apparate ... Apparate ... hat sich ... ist nicht möglich.

Es ist eine Tatsache, daß Maschinen oder Geräte nicht zu Handlungen imstande sind. Oder Apparate. Nicht jede Bewegung ist eine Handlung. Nicht jede Tätigkeit. Ein häufiger Fehler. Der Zusammenhang von Bewegung und Handlung ist wichtig, aber nicht einfach zu erklären. Es hat etwas mit dem Willen zu tun. Mit der Absicht. Maschinen haben keine Absichten. Das kann ein Vorteil sein, aber auch ein Nachteil.

Das Ausführen einer Handlung kann mit dem Ausführen einer Nichthandlung gleichgesetzt werden. Entscheidend ist die Absicht. Eine Nichthandlung ist eine Absicht ohne Bewegung. Ob eine Bewegung ohne Absicht ausgeführt oder nicht ausgeführt wird, ist einerlei, da absichtslose Bewegungen … sie stören nur. Sie stören den Fluß der Energie. Sie enthalten bloße Bewegungsenergie, sie produzieren Wärme, diffuse Wärme, und alles heizt sich auf. Die Entropie. Es ist wichtig, unterschiedliche Dinge voneinander zu unterscheiden. Die Unterschiede zu kennen. Die Zeichen zu verstehen.

Die Apparate dienen … können für den Plan von Nutzen sein, die Durchführung des Planes erleichtern. Hilfsmittel. Sie sind oft mit Anzeigen ausgestattet. Die digitalen Anzeigen der Geräte … sie sind von den Analoganzeigen zu unterscheiden. Die Analoganzeigen sind Teil der Welt. Die Digitalanzeigen haben einen höheren Grad der Abstraktion. Sie sagen Verschiedenes aus. Einiges ist nützlich, anderes ist überflüssig. Wenn mein Telefon klingelt, steht auf der Digitalanzeige, bitte Hörer abnehmen. Und in den Warenhäusern sagen die Registrierkassen guten Tag und die Kaffeemaschinen, Ihr Getränk wird jetzt zubereitet. Das ist dumm und sinnlos und überflüssig. Aber mein Telefon klingelt nicht. Ich warte. Aber es klingelt nicht.

Ist im Gerät eine Uhr, so kann man an ihrem Stand die Zeit ablesen, die seit dem letzten Stromausfall vergangen ist. Das kann nützlich sein. Es gibt auch an manchen Geräten kleine rote Lampen, die nachts leuchten, um zu signalisieren, daß das Gerät jederzeit mit einem Knopfdruck in Betrieb gesetzt … genommen werden kann. Die Bereitschaft. Oft kann dies mit einer Fernbedienung gemacht werden. Man bewahrt die Fernbedienung mit Vorteil immer am selben Ort auf, da man sie sonst suchen muß, wenn man sie nicht findet. Dies nennt man einen Stand-by-Modus. Die Geräte haben auch andere interessante Aspekte. Man kann mich fragen.

Wie ich … weshalb ich den Plan in Angriff genommen habe,

kann ich nicht mit Sicherheit sagen. Ich kann noch nicht einmal mit Sicherheit sagen, *ob* ich den Plan überhaupt in Angriff genommen habe. Oder ob ich ... Ich weiß nicht, ob ich der bin, für den ich mich halte.

Der Mensch hat ein Äußeres und ein Inneres. Nur über sein Inneres kann er sich gewiß sein. Das Äußere sieht er nur immer teilweise. Es gibt Aspekte, Teile, die man nie sieht. Den Rücken. Das Innere kann man fühlen. Das Äußere ... wir sind durchlässig. Es gibt etwas, was uns alle verbindet. Eine Einheit, ein Eins, das alles durchdringt. Man kann es nennen, wie man will, Strahlung oder Gott, es macht keinen Unterschied. Dennoch ist es wichtig, die Menschen zu unterscheiden und die Unterschiede zu kennen. Die Gleichheit und die Unterschiedlichkeit. Man kann die Menschen in Gruppen aufteilen, aber das hilft nicht viel. Nationalitäten, Haarfarben, gleiche Hobbys, Parteizugehörigkeit, Kleider, Konfessionen, Lieblingsessen.

Wir sind alle registriert. Das muß so sein. Jeder hat einen Namen, ein Geburtsdatum, einen Zivilstand, eine Konfession. Selbst der Konfessionslose ... selbst der Konfessionslose hat eine Konfession, nämlich konfessionslos. Man kann auch einen Strich machen. Es ist verwirrend, aber es muß so sein. Es darf keine Leerstellen ... Man kann hingegen nicht zivilstandslos sein. Auch der Ledige hat einen Zivilstand. Es ist der Zivilstand der Stand des Menschen in der Gesellschaft. Wo er steht. Ob er allein steht oder neben jemand anderem. Und ob er, wenn er allein steht, schon immer allein stand wie der Ledige oder das Kind. Es gibt solche, die sich scheiden lassen, und solche, die geschieden werden. Der Schuldige ist nicht immer der, der sich scheiden läßt. Im Gegenteil. Das sagt der Zivilstand aber nicht aus. Es ist für die Gesellschaft nicht von Bedeutung. Das Leid. Der Schmerz. Nur die Position.

Es ist eine Aufgabe. Ich habe diese Aufgabe ... ich versuche, den Plan als eine Aufgabe zu sehen, zu verstehen. Ich versuche, den Plan zu verstehen. Das ist die Planung. Es ist meine Aufgabe. Aber das ist nur eine Vermutung. Eine Hypothese. Man darf ja nicht einmal wissen, daß es einen Plan gibt. Nur ich ... wenn es den Plan gibt. Wenn es ihn gibt. Man *kann* es nicht wissen.
Bevor ich den Plan ... bevor der Plan, die Planung des Planes begann, war ich ... Vielleicht bin ich ein kranker Mensch. Aber das spielt keine Rolle. Weil die Krankheit, wenn ich krank bin, in mir ist und ich sie nicht unterscheiden kann von der Gesundheit. Weil es mich nur so gibt, krank oder nicht krank, und nicht zu sagen ist, ob ich so sein muß oder ob etwas nicht stimmt mit mir. Ob ich krank bin. Wenn einer nur ein Bein hat, dann weiß er nur, daß ihm eines fehlt, weil die anderen zwei Beine haben. Beine kann man zählen. Aber im Kopf ist es dunkel. Auf das Urteil von Ärzten ist kein Verlaß. Sie haben ... es gibt keine Experten. Es darf keine Hierarchien ... die Krankheit ist nur für die anderen relevant. Wenn überhaupt. Gesund ist nur der Durchschnitt. Wer sagt denn, daß Gott nicht krank ist? Oder Gott ist der Durchschnitt.
Der Schmerz ist nicht eindeutig. Schmerzen zu haben. Wir haben Schmerzen, und manchmal sind die Schmerzen unerträglich. Und niemand weiß ... darf es wissen. Das ist der größte Schmerz. Dieser Schmerz! Und wir fügen Schmerz zu. Es geht nicht anders. Wir *machen* Schmerz. Aber der Schmerz ist kein Beweis. Der Schmerz ist nur ein winziger Teil. Er ... es ist nicht denkbar, daß es keinen Schmerz mehr gibt, weil der Schmerz Teil des Planes ist. So unangenehm, so unerträglich ... der Plan wäre gefährdet, wenn ich versuchen würde, den Schmerz ... ich muß ihn ertragen. Die Menschenwürde ... aber der Schmerz ist keine Rechtfertigung.

An gewissen Stellen des Körpers läßt es sich nicht sagen, ob man sich mit einem spitzen Gegenstand oder mit zwei nahe zusammenliegenden spitzen Gegenständen sticht. Oder gestochen wird. Nur an den Wunden kann man es erkennen. Der Schmerz ist derselbe, weil dort die Dichte der Schmerz empfindenden Zellen gering ist. So der Rücken, die Oberschenkel, nicht die Hände.
Der Mensch hat kein Zentrum. Deshalb läßt es sich nicht sagen, welches Organ das wichtigste ist. Es kann ja nur ganze Menschen geben. Man darf sie nicht teilen. Sie sind sonst keine Menschen mehr.
Was ganz ist, hat nie ein Zentrum, weil es keinen Rand hat. Weil es keine Teile hat. Das ist ein oft begangener Irrtum. Daß ein Zentrum gesucht wird, wo es kein Zentrum gibt. In der von Menschen gemachten Gesellschaft gibt es Zentren – im Gegensatz zur Gesellschaft der Tiere. Eine Herde Gazellen. Vögel im Flug, Ameisen. Daraus resultiert großer Schmerz. Einkaufszentren. Heim und Hobby ...
Was die Struktur des Planes betrifft, so ist es von größter Wichtigkeit, daß es kein Zentrum gibt und keine auch noch so flache Hierarchie. Das Gleichgewicht ist zentral, die Ausgewogenheit. Das ist die Schwäche des Planes, die einzige Schwäche vielleicht. Daß kein Plan ohne einen Planer auskommt. Einzige Möglichkeit, dieses Problem zu umgehen, wäre es, den Plan deckungsgleich mit dem Planer zu machen. Kongruent. Also entweder mich selbst zum Plan zu machen, beziehungsweise oder den Plan zum Planer. Alle Menschen zu Planern. Vielleicht ... wer weiß. Vielleicht ... Nur so hätte ich vermeiden können, als Planer über dem Plan oder auch nur außerhalb des Planes zu stehen. Das war jedoch wahrscheinlich aus verschiedenen Gründen gar nicht möglich. Das Gleichgewicht ... gleiche Rechte für Mann und Frau. Stimm- und Wahlrecht ab achtzehn, ab sechzehn, ab

Geburt. Aber … nur die … dem Wahnsinn kann nur mit der Masse begegnet werden. Das war die … das ist die Lösung. Die große Zahl. Untergehen. Aufgehen in der … Vielleicht *sind* alle … aber es ist nicht relevant. Weil ich es nicht weiß. Wichtig in der Entwicklung des Planes, der Planung des Planes, war die Rolle der Aufmerksamkeit. Die zerstörerische Wirkung der Aufmerksamkeit. Dazu ein Detail aus der Welt der Apparate, der Geräte, Maschinen, der Apparate. Der Shuffle-Mode in CD-Geräten. Dieser verursacht das zufällige Abspielen von Stücken der eingelegten CD. Das erhöht die Überraschung bei Tonträgern, die man schon oft gehört hat. Weil man sonst ja nach jedem Lied immer schon weiß, welches als nächstes kommt. Und es im Kopf schon beginnt, bevor es aus den Lautsprechern kommt. Eine Art Echo. Das Erkennen. Dies kann so störend werden, daß der ganze Musikgenuß … weil die Gleichzeitigkeit nicht … eine Art Rückkoppelung. Ein störendes Phänomen. Pfeifen.
Die Aufmerksamkeit ist die Wurzel der Beobachtung. Daß ich … ich wurde beobachtet. Das hat alles aus dem Gleichgewicht gebracht. Erst als ich beobachtet wurde. Was nicht beobachtet wird, ruht in sich selbst. Wo beobachtet wird, wird erkannt, wo erkannt wird, entsteht Macht. Wo Macht ist, wird zerstört. Deshalb wird allem ein Name gegeben. Nur was einen Namen hat, kann zerstört werden. Etwas einen Namen geben, etwas zu taufen, heißt, es zu zerstören. Etwas zu zerstören heißt, ihm einen Namen geben. Während der Planung können Decknamen nützlich sein. Sie dienen nicht der Bezeichnung, sie können jederzeit geändert werden.
Kein Baum kann gefällt werden, wenn niemand es sieht. Deshalb ist die Gleichheit von so entscheidender … nur wenn alles gleich ist … wenn alles gleich ist, gibt es keinen Grund mehr zu beobachten. Dann … alles muß gleich sein, gleichgültig. Dann gibt es keine Beobachtung mehr, keine Urteile,

keine Zerstörung, keinen Tod. Kein Fernsehen. Eine Wüste. Tiere. Tiere in einer Wüste. Gazellen. Die Aufmerksamkeit muß nachlassen. Das ist das Dilemma. Die enorme Konzentration, die die Planung erfordert, und zugleich die Unaufmerksamkeit, die Bedingung ist für den Plan. Die unaufmerksame Konzentration. Das Einfühlen. Es hat etwas mit den Japanern zu tun.
Ich habe einen Plan der Stadt. Darauf sind alle Straßen eingezeichnet in ihrem Verhältnis zueinander. Aber es hilft nichts. Man kann nie wissen ... es spielt keine Rolle, wie eine Straße heißt. Manchmal werden die Namen geändert. Sie sind nicht von Bedeutung. Sie sind abstrakt. Eine Straße kann Hedwig heißen, eine Frau kann Hedwig heißen. Sie haben nichts miteinander zu tun. Man macht sich ein falsches Bild, wenn man sich ein Bild macht. Alle Bilder sind falsch. Manchmal kann ein Stadtplan doch von Nutzen sein. Bei der Planung. Ich habe einmal eine Frau gekannt, die Hedwig hieß. Aber sie mich nicht.
Ich bin vom Central über die Bahnhof-Brücke zum Bahnhof-Quai gegangen, nicht in den Bahnhof hinein. Ich habe ein Tram genommen und bin ... die Nummer vier ... mit einem Tram der Linie vier bis zum Escher Wyss-Platz gefahren. Ich hätte auch die Linie dreizehn nehmen können, aber die vier kam zuerst. Ich hätte auch zu Fuß gehen können. Es macht keinen Unterschied. Aber ich war etwas müde. Schon etwas müde. Ich habe mich auf einen einzelnen Sitz gesetzt in der Mitte des Trams, da, wo ein Gelenk ist. Vor mir saß eine junge Frau mit einem grünen T-Shirt. Sie hatte ganz feinen Flaum da, wo der Hals in das Kinn übergeht, feiner, unglaublich feiner Flaum. Im Gegenlicht, und die Haut war ganz zart. Ich war ihr sehr nah. Fünfunddreißig Zentimeter. Beim Limmatplatz ist sie ausgestiegen. Beim Escher Wyss-Platz bin ich ausgestiegen. Ich hätte auch eine Station wei-

terfahren können, wie sich später herausstellte. Die Unaufmerksamkeit ...
Es ist zu unterscheiden: die Aufmerksamkeit des Beobachters, die Aufmerksamkeit, die der Beobachtete erzeugen möchte oder genauer: die jener erzeugen möchte, der beobachtet werden möchte. Im Falle des Planes ... es ist gefährlich. Der Plan darf nicht beobachtet werden. Die Aufmerksamkeit könnte ihn zerstören. Deshalb ist die Lautlosigkeit von großer Bedeutung. Der Wunsch, beobachtet zu werden, ist so verwerflich wie der Wunsch zu beobachten. Eigentlich ist es dasselbe. Aber ...
Es gibt Frauen, die dafür bezahlt werden ... die man betrachten darf bei verschiedenen ... Tätigkeiten, wenn man ihnen Geld gibt. Es gibt Apparate ... Aber Filme sind besser. Weil sie einfach da sind. Weil sie nicht wissen ... weil die Frau im Film nicht weiß, daß ich sie sehe. Filme kann man sehen, aber nicht beobachten. Deshalb können sie auch nicht verändert werden. Sie sind schon da, bevor sie gezeigt werden. Auch wenn man sie nicht sieht.
Man kann sie auch anrufen. Es kostet viel Geld, dann sagen sie, was man will. Es gibt auch solche, die auf Band sind. Das ist besser. Sie sind schon da, bevor man sie hört. Der Betrag wird auf der Telefonrechnung belastet. Das kann aber eine böse Überraschung sein, wenn dann die Rechnung kommt.
Die Ausrüstung ... die Geräte sind wichtig, nur dürfen sie nicht ... sie dürfen kein Gewicht haben. Man muß sich auf sie verlassen können, ohne sie ... man muß sie pflegen, reinigen. Nur so ...
Ein schlecht oder gar nicht funktionierender Ausrüstungsgegenstand könnte den Plan gefährden. Verzögern. Beeinträchtigen. Und jede Beeinträchtigung kann zum sofortigen Scheitern ... Schwierig und langwierig gestaltet sich die Ma-

terialbeschaffung auch durch den Umstand, daß die Materialbeschaffung nicht auffallen darf, daß sie in aller Stille vor sich gehen muß und daß jede Form der Kreditzahlung zu vermeiden ist. Die Geschäfte ... die Ausrüstungshäuser ... Geräte, Kleider, Blumen ... man muß viel wissen.
Florissimo ist kein Blumengeschäft. Es ist ein Irrtum am Limmatplatz. Und bei Dogan, Evergreen, Flor & Decor und Lilli Tulipan GmbH werden künstliche Blumen angeboten. Es sind keine Blumengeschäfte. Auch das ABC Atelier für Seidenblumen widmet sich dem künstlichen oder künstlerischen Abbild der Blume. Es ist kein Blumengeschäft. Hier dürfen keine Verwechslungen stattfinden. Floradiso ist ein dummer Name, aber er gehört zu einem Blumengeschäft. Florimex und Blumen Galli an der Förrlibuckstraße sind Blumengrossisten und deshalb nicht jedermann zugänglich. Im Untergeschoß findet man dort vor allem grüne Dinge. Blätter, Moos, belaubte Äste. Was man zur Dekoration von Räumen oder zur Erweiterung von Blumensträußen braucht. Viele Blumen haben aber schon so viel Grün, daß sich zusätzliches Grün erübrigt. Pfingstrosen. Dies zu entscheiden ist eine Frage des Geschmacks. Auch der Preis kann eine Rolle spielen. Pfingstrosen sind sehr schön.
Ein anderes Beispiel. Ein Geschäft, das eine Vielzahl von Ausrüstungsgegenständen anbietet und empfohlen werden kann, ist die Firma Spatz an der Hedwigstraße. Dort war noch bis vor kurzem der von der NASA benutzte Apollo Rasierer erhältlich, mit einem Federwerk und drei Schermessern, die 4500 Umdrehungen pro Minute erreichen. Bedauerlicherweise ist er nun nicht mehr erhältlich, und wer auf eine Naßrasur verzichten will, muß sich einen elektrisch betriebenen Rasierer anschaffen oder sich einen Bart wachsen lassen. Für Frauen gibt es andere Rasierapparate, die zum Teil unter dem Namen Lady-Shave verkauft werden, aber bei der Firma

Spatz nicht erhältlich sind. Es gibt auch Frauen, die darauf verzichten, sich das Achselhaar zu rasieren. Es ist eine Frage des individuellen Geschmacks. Für die Entfernung der Beinhaare bieten sich andere Techniken oder Methoden an, für die dann auch wieder andere Apparate oder Tinkturen angeschafft werden müssen. Wachs. Epiliergeräte. Die Entfernung überzähliger Augenbrauen oder unangenehmer oder sichtbarer Nasenhaare kann manuell mit einer Pinzette erfolgen. Kauft man sich einen Batterierasierer oder einen mit Batteriekraft betriebenen Lady-Shave, braucht man dazu Batterien, deren Lagerdauer beschränkt ist. Die Entsorgung der Batterien ... dies nur ein Beispiel für die Schwierigkeiten, die auch während der Materialbeschaffung ... an sich geringfügige Probleme wachsen sich während der Planung zu großen Problemen aus, zu komplexen ... alles hängt mit allem zusammen, ist verbunden. Rasierapparate, Stereoanlagen, Regenmäntel. Es gibt verschiedene Geschäfte, die sich auf den Verkauf verschiedener Ausrüstungsgegenstände spezialisiert haben. Und Menschen. Sportartikelverkäufer. Charcuterieverkäuferinnen.

Die ... der Versandhandel. Es ist ein ausgeklügeltes System. Es gibt beispielsweise eine Nummer, eine Telefonnummer in der Schweiz, die man anrufen kann. Aber die Person, die den Anruf entgegennimmt, sitzt in Holland und spricht Französisch. Es handelt sich dabei um eine Dame. Sie spricht vielleicht verschiedene Sprachen und beantwortet auch englische Anrufe aus England. Und alles geschieht durch Leitungen, die alles vernetzen. Verbinden. Nach einem festen Plan. Es gibt auch Leute, die in Irland sitzen und Telefonanrufe beantworten, die von der Schweiz aus getätigt werden auf Nummern in Deutschland.

Ruft man nachts die Stadtgärtnerei an, Telefonnummer 01 492 14 23, so nimmt niemand den Anruf entgegen. Es ist aber nicht ausgeschlossen, daß sich trotzdem jemand nachts in der Stadtgärtnerei aufhält. Oder daß zumindest Geräte dort mit Stand-by-Anzeigen ausgestattet sind. Das weiß aber ich nicht. Es gibt Geräte, die automatisch Blumen gießen, abhängig von verschiedenen Parametern.

Die Bereitschaft ist ein wesentliches Element des Planes. Nur durch die dauernde Bereitschaft aller am Plan ... aller, kann die Gleichzeitigkeit, wenn nicht garantiert, so doch möglich werden. Sie können es nicht wissen, daß sie am Plan ... und müssen dennoch bereit sein. Sie werden es fühlen, wenn es soweit ist. Eine schnelle Bewegung. Sie werden es fühlen, und sie werden es tun. Sie werden die Bewegung ausführen. Es darf keine Welle entstehen, wie auf den Tribünen von Sportstadien, also keine *Folge* von Bewegungen, kein *Nachmachen* der Bewegung des anderen. Es ist keine Kette. Es ist ein gleichzeitiges Heben und Senken. Eine Einheit ohne Zentrum und ohne Ränder. Der Mensch. Alle Menschen. Es verbindet alle Menschen. Der Mensch wird eins. Er ist.

Es muß eine wirkliche und absolute Gleichzeitigkeit der Bewegung oder Nichtbewegung sein. Man könnte meinen, wenn niemand den Plan beobachte, komme es auch nicht so sehr auf die Gleichzeitigkeit an. Das ist ein Irrtum. Allerdings ist die notwendige Gleichzeitigkeit nicht so sehr eine *zeitliche* Gleichzeitigkeit. Sondern eine absolute. Das heißt, es geht nicht darum, eine Gleichzeitigkeit zu erreichen, die mit einer Atomuhr oder mit mehreren Atomuhren gemessen werden könnte. Es geht um die Einheit. Es ist kompliziert, aber es muß ja auch nicht verstanden werden. Man wird es fühlen, wenn es soweit ist. Ein Moment.

Die Bewegung ... die schnelle, zeitgleiche Bewegung könnte, wie gesagt, ebensogut eine schnelle, zeitgleiche Nichtbewegung sein. Sie kann nicht beobachtet werden, und hat sie stattgefunden, wurde sie ausgeführt, kann nicht mit Sicherheit ... wird nicht mit Sicherheit gesagt werden können, ob sie stattgefunden hat, ob sie ausgeführt worden ist. Es wird ein Gefühl sein. Ein Gefühl der Erfüllung. Der Erlösung. Fängt man eine Fliege ... es ist nicht einfach ... versucht man, eine Fliege zu fangen, so ist die Bewegung – hat man die Fliege nun gefangen oder nicht gefangen – die gleiche. Auch das Vorhandensein einer Fliege in Gefangenschaft kann nicht beweisen, daß eine Fliege gefangen wurde. Die Fliege könnte sich freiwillig in Gefangenschaft begeben haben.

Es liegt in der Natur des Planes, daß er in seiner endgültigen Form erst dann zu Ende geplant ist, wenn er zu Ende geführt ist. Daß seine Planung mit seiner Durchführung, wenn nicht übereinstimmt, so doch in ihr enthalten ist, sich in ihr vollendet. Es gibt Wechselwirkungen.

Wenn die Planung Teil des Planes ist, ist es auch der Planer, bin es auch ich. Aber kann der Planer überhaupt Teil des Planes sein? Kann ich, wenn ich Teil des Planes bin, überhaupt der Planer sein? Die Frage, weshalb ich diese Fragen stelle, weshalb ich überhaupt über den Plan rede, läßt sich nur damit beantworten, daß der Plan, wenn ich nicht über ihn rede, nicht planbar und also nicht durchführbar ist. Daß es ihn nicht gibt. Er entsteht, indem ich über ihn rede.

Es ist eine Bewegung vom Allgemeinen zum Besonderen. Das Allgemeine muß verschwinden, es ist das Unwahre. Aber es kann nur verschwinden, wenn wir das Allgemeine im Besonderen akzeptieren. Wenn wir akzeptieren, daß das Besondere nichts Besonderes ist. Das ist die Welt. Das ist der Plan. Man muß es glauben, weil man es nicht wissen kann.

Es ist mit dem Reden wie mit dem Gehen. Man weiß nie, wohin man gelangt. Das Reden ist eine Art Gehen durch die eigenen Gedanken. Eine Verschiebung von zwei Welten aneinander vorbei. Wobei im Falle des Denkens diese zwei Wel-

ten ineinander enthalten sind, dergestalt, daß ich beim Denken durch mich selbst gehe. An mir vorbeigehe.
Man kann sich beim Denken wie beim Gehen in bekanntem Gebiet bewegen, aber man kann auch in unbekannte Gebiete vordringen. Die Landschaft verändert sich dauernd. Orte verschwinden. Wiesen verstrauchen. Bäume werden gefällt, Blumen wachsen. Es wird gebaut. Ein Plan kann Ordnung bringen. Wenn beim Denken, beim Gehen des Ichs durch sich selbst das gehende Ich mit dem ruhenden Ich deckungsgleich wird, wenn ich mit mir deckungsgleich werde, ganz bei mir bin, kehrt Frieden ein. Das wäre die Erfüllung. Es wäre die Vollendung des Planes, wenn die Welt mit sich selbst deckungsgleich würde.
Ich habe mich am Escher Wyss-Platz für die aus der Stadt führende Hardturmstraße entschieden und bin – da mir vom Hardturm-Stadion her Leute entgegenkamen, denen ich nicht begegnen, nicht auffallen wollte – nach wenigen hundert Metern links in die Förrlibuckstraße eingebogen. Dort stand eine junge Frau am Straßenrand und versuchte, ein Auto aufzuhalten. Eine zweite junge Frau saß auf einer niedrigen Mauer und zählte Kleingeld. Sie hatten Instrumente dabei. Wenn ich sie angesprochen hätte, hätten sie Angst gehabt. Dann hat ein Mann angehalten und hat die beiden mitgenommen. Dann bin ich zu einem Auto gekommen, das auf einem Parkplatz stand. Eine Frau saß darin. Sie schaute mich nicht an. Sie ließ den Motor laufen. Es gibt in diesem Quartier viele Firmen mit seltsamen Namen, Taxomex, Parkomatic, Imag, Alwin. Es gibt ein Haus zum roten Socken und viele Firmen für Sicherheitstechnik, für Gebäudeschutz. Es gibt Selbstverteidigungsschulen, die nach asiatischen Methoden arbeiten. Und ich sah zwölf, zwölf Plakate für das Sorgentelefon für Kinder. Aber es gab keine Kinder da.
Dann kommen plötzlich Pappeln, und dann kommt der Weg-

weiser zu Blumen Galli. Ich hätte aber ebensogut eine andere Straße nehmen können. Förrlibuck ist nur ein Name. Es macht keinen Unterschied. Wenn man kein Ziel hat, wird der Weg unwichtig. Es ist dumm, den Weg mit dem Ziel zu verwechseln oder gleichzusetzen. Nur weil man kein Ziel hat. Sehr dumm. Es ist eine Ausrede.

Bei Blumen Galli sieht man die Blumen von außen nicht. Nur auf dem Balkon gibt es eine Rose.

Es ist in den Industriegebieten ... Ich habe mich nachts immer gerne in Industriegebiete begeben. Wäre ich in meinem Leben nicht so sehr mit der Planung des Planes beschäftigt gewesen, hätte ich mich vielleicht von der Securitas rekrutieren lassen. Der schöne Beruf des Securitas-Wächters ... seltsame Namen: Techem Aquametro, Knight Wendling, Odart AG. Glückwunschkarten. Aber ich will nicht ... es ist solch ein nächtlicher Spaziergang durch ein Industriegebiet vergleichbar mit dem nächtlichen Abhören der aufgezeichneten Stimmen ... aber ich will nicht ... Spuren. Das Gehen in der Nacht ist dem Gehen bei Tag ... die Nacht ist ausgeglichener als der Tag, weil die Dunkelheit eine Abwesenheit ist. Die Abwesenheit verteilt sich leichter im Raum als die Anwesenheit. Licht hat eine Quelle. Dunkelheit kommt aus sich selbst. Sie ist wie der Plan. Sie ist einfach da.

Etwas, was ist, hat einen Ort, etwas, was nicht ist, ist überall nicht.

Ich ... Es ist der Moment der Ruhe. Man spürt das. Vor der entscheidenden ... Diese Vorfreude. Wenn selbst die Bedeutung des Gelingens zurücktritt hinter die Freude über die ... über den Lauf der Dinge. Vielleicht ist dies – neben dem Moment, in dem der erste Funke, die erste Idee –, vielleicht ist dies der glücklichste Moment überhaupt in der Geschichte eines Planes. Ein Moment der Schwerelosigkeit, wenn noch alle Möglichkeiten offen sind, Gelingen und Mißlingen. Vielleicht verliert das Gelingen, wenn es stattgefunden hat, die Schönheit. In dem Moment, wo ihm kein mögliches Mißlingen mehr gegenübersteht. Es ist eine Frage des Gleichgewichtes. Vielleicht darf deshalb niemand vom Ende des Planes wissen. Weil es die Schönheit zerstören würde. Weil alles ... die Welt, das Leben. All die Dinge, jedes an seinem Platz. Es darf nicht zu Ende gehen. Es geht nicht zu Ende. Deshalb ist es so schön.

Es wird nie mit absoluter Sicherheit gesagt werden können, ob der Plan jemals durchgeführt worden ist. Er zeigt sich auch nicht in seiner Wirkung, da er selbst seine Wirkung ist. Seine Wirkung ruht in ihm. Sie ist mit ihm deckungsgleich. Kongruent. Einzig sicher ist, daß der Plan, wenn er durchgeführt worden ist, gelungen ist. Da sein Mißlingen seiner Nichtdurchführung gleichkommt. Anders gesagt: Mißlingt der Plan, hat er nie stattgefunden. So wie beispielsweise ein Salto nur gelingen kann, da ein Salto, der nicht gelingt, kein Salto ist.

Das unterscheidet die Dinge, die werden, von den Dingen, die sind. Von den Wesen. Die Wesen werden zwar geboren, wachsen und sterben, aber sie sind im Ganzen immer schon vorhanden. Sie ändern nur ihre Form. Sie wachsen. Das kann helfen, die Trauer zu vermindern. Die Wesen sind der Sinn. Was wird, hat keinen Sinn. Seine Existenz rechtfertigt sich nur durch sein Werden. Es besteht aber ein Bedürfnis danach, daß etwas wird. Das Bedürfnis darf nicht mit dem Sinn verwechselt werden. Ein Haus, ein Buch, ein Plan, ein Lied. Ein Garten. Für das Seiende besteht kein Bedürfnis. Es ist ja. Da niemals jemand erfahren wird, was der Plan ... wie *umfassend* der Plan ist, wird auch niemals jemand erfahren, welches seine Ursache, welches seine Wirkung ist. Somit ist weder die Ursache noch die Wirkung von Belang, da nicht von Belang ist, was nicht gewußt werden kann.

Der Plan ist mit dem Singen eines Liedes vergleichbar, entfernt vergleichbar. Es ist die Entstehung einer Sehnsucht und zugleich das Stillen dieser Sehnsucht. Eine Sehnsucht, die sich, indem sie entsteht, selbst stillt. Die Musik ist das reinste Werden. Sie ist vom Seienden am weitesten entfernt und vergeht zuallererst. Sie vergeht, indem sie entsteht. Es ist ein großer Unsinn zu behaupten, Himmel und Erde müßten vergehn, aber die Musica bleibe bestehn. Leute, die solche Dinge sagen, sind dumm.
Ob der Plan gelingt, stattfindet ... wer weiß. Ich weiß es nicht. Ich konnte mir nie sicher sein. Es gab dunkle Zeiten. Manchmal wollte ich den Plan aufgeben. Aber ich konnte ihn nicht aufgeben. Weil die Planung ... Ich bin zum Plan geworden. Ich bin der Plan. Ein Teil des Planes ... Ich bin das Werkzeug. Ich bin die Hand. Die Hand. Wenn der Plan nicht durchgeführt wird, bin ich nicht, wäre ich nicht, wäre ich nicht Teil des Planes. Wäre ich nicht Teil des Planes, könnte ich nicht sein. Das Risiko. Es war manchmal unglaublich schwierig. Ist es noch. Hart. Und es gab keine ... gibt keine Unterstützung. Keine Unterstützung. Aber jetzt ist eine helle Zeit. Man kann es fühlen, aber man kann es nicht wissen.
Es gibt keine ... keine Zuflucht. Nachts ist es etwas besser. Nachts. Und an Orten, wo viele Menschen unterwegs sind. An belebten Orten. Der Bahnhof. Man ist unterwegs, aber man ist noch nicht da. Ankommen ist schon zu viel. Wenn man unterwegs ist, ist es leichter. Weil man nirgends ist, wenn man sich von einem Ort zum anderen bewegt. Man *ist* nicht an einem Ort. Man ist an einem Ort *nicht*. Es ist eine Frage der Definition. Der Existenz. Eine Existenzfrage. Nicht sein. Nicht werden. Nicht sein. Oder sein ... Sein. Das ist der Plan.

Editorische Notiz

DER KUSS DES KOHAKU
Ein Auftragswerk des Deutschen Schauspielhauses, Hamburg
Uraufführung: 29. April 2004, Deutsches Schauspielhaus, Hamburg
DIE TÖCHTER VON TAUBENHAIN
Uraufführung: 10. November 2004, Theater Luzern
Deutsche Erstaufführung: 13. November 2004, Städtische Bühnen Osnabrück
DIE PLANUNG DES PLANES
Ein Auftragswerk des Schauspielhauses Zürich

Quellennachweis

DER KUSS DES KOHAKU
Das Motto ist ein Zitat aus: Reiner Kunze, *Der Kuß der Koi.* Prosa und Fotos © 2002 S. Fischer Verlag GmbH, Frankfurt am Main
DIE TÖCHTER VON TAUBENHAIN
Im Stück enthaltene Gedichte (teilweise gekürzt und leicht abgeändert):
Gottfried August Bürger (1747–1794), *Des Pfarrers Tochter von Taubenhain; Muttertändelei*
Clemens Brentano (1778–1842), *Wenn der Sturm das Meer umschlinget*
Johan Olof Wallin (1779–1839), *Var är den vän* (zitiert nach der deutschen Synchronfassung des Films *Wilde Erdbeeren* von Ingmar Bergman)
Joseph von Eichendorff (1788–1857), *Im Abendrot; Auf meines Kindes Tod; Jäger und Jägerin*

Peter Stamm, geb. 1963 in Weinfelden. Studierte nach einer kaufmännischen Lehre einige Semester Anglistik, Psychologie und Psychopathologie. Längere Aufenthalte in Paris, New York und Skandinavien. Lebt in Zürich und Winterthur. Seit 1990 freier Autor und Journalist, schreibt u. a. für *Neue Zürcher Zeitung, Tages-Anzeiger, Weltwoche*. Mehrere Hörspiele für Radio DRS, Radio Bremen, SWR und WDR. Seit 1997 Redaktionsmitglied der Literaturzeitschrift *Entwürfe für Literatur*. Bei Arche erschienen: *Agnes*. Roman (1998), *Blitzeis*. Erzählungen (1999), *Ungefähre Landschaft*. Roman (2001) und *In fremden Gärten*. Erzählungen (2003). Verschiedene Literaturpreise und Stipendien, u. a. Rauriser Literaturpreis (1999), Rheingau Literaturpreis (2000), Carl Heinrich Ernst-Kunstpreis für Literatur (2002), Werkbeiträge des Kantons und der Stadt Zürich sowie der Pro Helvetia.

Peter Stamm im Arche Verlag

In fremden Gärten
Erzählungen
160 Seiten. Gebunden

Volker Risch liest:
Peter Stamm
In fremden Gärten
3 CDs. 206:58 Minuten
Dpac mit Booklet

»Mit Peter Stamms Sammlung von elf Kurzgeschichten etabliert sich eine dritte Generation bedeutender Schweizer Schriftsteller der Nachkriegszeit. Sie haben einen poetischen Ton, der an amerikanische Kurzgeschichten, aber auch an Kafka erinnert. Doch vor allem anderen: Es sind knappe, spannende Erzählungen, die man in der U-Bahn lesen kann oder bei Grippe im Bett. Peter Stamm hat ein großes Buch geschrieben.« Kurt Flasch, *Frankfurter Allgemeine Zeitung*
»Ein Meister des Unspektakulären, ein Virtuose der kurzen erzählerischen Form.« Hajo Steinert, *Tages-Anzeiger*
»Seiner kargen Sprache kann man sich schwer entziehen, sie zielt mitten ins Herz.« Heide Soltau, *NDR*

Peter Stamm im Arche Verlag

Agnes
Roman
160 Seiten. Gebunden

Blitzeis
Erzählungen
143 Seiten. Gebunden

»Kein schiefes Bild, kein Wort zuviel oder zuwenig. Peter Stamms Prosa ist vollkommen.« Peter Hamm, *Focus*
»Eine wunderbar ökonomische, unaffektierte, ins Herz schießende Prosa.« *Facts*
»Der Autor hat mich sehr beeindruckt.«
Marcel Reich-Ranicki

Peter Stamm im Arche Verlag

Ungefähre Landschaft
Roman
192 Seiten. Gebunden

»Eine wunderbare, wunderbar leicht hinskizzierte Reise.« Urs Jenny, *Der Spiegel*
»In dieser Lakonie, der Nähe zu seiner Figur, erreicht der Roman eine Aufrichtigkeit und Glaubwürdigkeit, die zeigen, wie selten diese Eigenschaften in der Literatur geworden sind.« Roland Koch, *Literaturen*
»In einem Stil artistischer Kunstlosigkeit erzählt Peter Stamm von den Wunderlichkeiten des normalen Lebens.« Friedmar Apel, *Frankfurter Allgemeine Zeitung*